VON DER SEELE SCHREIBEN

Aus einem existenziellen Briefwechsel

im Schatten der DDR

Wolfgang Herdzin & Imke T.

© 2021 Wolfgang Herdzin
1. Auflage

Verlag und Druck: tredition GmbH, Halenreie 40-44, 22359 Hamburg

978-3-347-36267-3 (Paperback)

Bibliografische Information der Deutschen Nationalbibliothek:
Die Deutsche Nationalbibliothek verzeichnet diese Publikation in der
Deutschen Nationalbibliografie; detaillierte bibliografische Daten
sind im Internet über http://dnb.d-nb.de abrufbar.

Ethik

Im mittelpunkt steht der mensch

Nicht der einzelne

Reiner Kunze, Poet, Dissident in der DDR und Persona non grata

Jedenfalls ist auch der größere Teil der Psychotherapeuten politisch inaktiv geblieben. Dies halte ich für eine belastende Hypothek, denn es konnte nicht ausbleiben, daß wir im großen Umfang von den psychosozialen Konflikten erfuhren, die sich für jeden einzelnen im Umgang mit der repressiven Gesellschaft ergaben. Die Auswirkungen der staatlichen Verhältnisse auf die familiäre Situation, sei es die spiegelbildlich autoritäre Erziehung, um die Kinder möglichst reibungslos in die abnormen Gesellschaftsstrukturen einzufügen, sei es die Erziehung zur Anpassung, Verlogenheit, Doppelzüngigkeit, die viel Druck und Spannung erzeugte, waren von uns nicht zu übersehen. Auch wie sich die Konflikte und Spannungen des politischen und beruflichen Alltags mit Streß, Gereiztheit und Unzufriedenheit auf die Familien und den einzelnen auswirkten, mußten wir eindeutig zur Kenntnis nehmen. Für uns gab es keinen Raum, diese Thematik öffentlich zu machen oder wissenschaftlich zu bearbeiten oder gar daraus Erkenntnisse und Forderungen für notwendige Veränderungsprozesse in der Gesellschaft abzuleiten. Aber es mangelte vor allem an Mut, dies zu tun…"

Hans-Joachim Maaz, Der Gefühlstau, ehemaliger Chefarzt der Psychotherapeutischen Klinik im Evangelischen Diakoniewerk Halle

Wer um einen Sinn seines Lebens weiß, dem verhilft dieses Bewusstsein mehr als alles andere dazu, äußere Schwierigkeiten und innere Beschwerden zu überwinden

Viktor Frankl, Psychiater und KZ Überlebender

Die Fähigkeit, mit dem ‚Goddenden' in sich selbst in Verbindung zu kommen, sehe ich als den wichtigsten heilsamen Faktor für schwer traumatisierte Menschen an

Riki Prins, Befreiung des Selbst, Traumatherapeutin, Holland

DANKSAGUNG

Imke T., die nach einem Suizidversuch, eingebunden in real existierende Widersprüche in der DDR – die Auswirkungen individuell erlebter Gewalt, politischer Repression sowie einen immer deutlicher werdenden Zerfall des gesellschaftlichen Systems – mir durch ihr Vertrauen, ihre Mitarbeit und ihren Mut die Gelegenheit gab, sie mittels eines Briefwechsels in einem gemeinsamen Prozess der Suche, der Orientierung, der Verarbeitung, der Reflexion und Entwicklung zu begleiten.

Kerstin, die ich 1982 kennenlernte. Sie wurde mir beste Freundin, liebe Frau, geschickte und hilfreichste WEGgefährtin.

Johannes, unserem Sohn, der mit Geduld und Ausdauer, seinen Vater immer wieder aus den Irren und Wirren am PC half und zu einer erweiterten Selbstkompetenz führte.

Meinen ehemaligen KollegInnen aus dem Krisenhaus in Ostberlin für das Erkennen von psychosozialer Not unter den spezifischen Bedingungen der DDR, sowie den Enthusiasmus und das Engagement, selbst ermächtigend einen Ort der ZUFLUCHT und HILFE zu schaffen.

Meinen KollegInnen aus der ‚Berliner Intervisionsgruppe nach Virginia Satir‘, die mir seit vielen Jahren tief vertraut sind und denen ich als erste aus den Briefen vorlesen durfte.

Herrn Prof. Dr. Thomas Brose, der mich zu einer Veröffentlichung ermunterte.

Vorbemerkung:

Aus Gründen der Schweigepflicht erscheinen alle Angaben zu Person, Herkunft und nachweislich erkennbarer Personen und Institutionen von Imke, die in Briefen so benannt werden soll, anonymisiert und in leicht abgeänderter Form. Die Veröffentlichung wurde mit der Coautorin besprochen, die Textfassung wurde ihr vor dem Druck vorgelegt und fand ihre Zustimmung.

Der Briefwechsel wurde unverändert aus den Originalen übernommen.

Die Bilder (Umschlag, Flyer, Visitenkarten) stammen aus dem Fundus des Krisenhauses, das Foto, die Gründungsurkunde und R. Kunzes Karte aus dem persönlichen Archiv des Autors. Weiterführende Dokumente und Hinweise bzgl. des Krisenhauses sind auch im Archiv/ Nachlässe/persönliche Bestände /W.Herdzin der Robert-Havemann-Gesellschaft zu finden und in Olaf Neumanns Dissertation 'Chemie der Beziehung' Empowerment in der Praxis sozialpsychiatrischer Krisenintervention.

VORWORTE

5. Februar 2020

Ich rufe an. Habe die Telefonnummer ausfindig machen können. „Kennen Sie mich noch?" „Ja!" „Seit unserer Begegnung sind 38 Jahre vergangen... Darf ich fragen, wie es Ihnen geht?" „Gut... rundum zufrieden mit dem Leben." „Ich habe in meinem kleinen Archiv jetzt Briefe gefunden, die wir uns in den 80iger Jahren in der DDR geschrieben haben. Und ich bin ganz berührt, bewegt, von der Situation in der Sie und ich, wir, uns damals befunden haben... all die persönlichen und gesellschaftlichen Hintergründe, vor denen der Briefwechsel entstand und sich entwickelte..."

Die erste Begegnung mit Imke fand im November 1982 statt. Ich wurde im Krankenhaus an ihr Bett gerufen, es ging ihr schlecht nach einem Suizidversuch, doch sie hatte überlebt. Es gab keine Zeit zum Reden, und es war wohl auch nicht angebracht. Imke wurde in eine psychiatrische Klinik weiter verlegt, alles musste sehr schnell gehen. Doch es gab KONTAKT – den AUGEN-BLICK, das WORT VERTRAUEN, das HÄNDE HALTEN und das Angebot mir zu SCHREIBEN. Vierzehn Briefe sind noch auffindbar, beginnend im November 1982 endend im Mai 1987. Dazwischen ein Verbundensein auch ohne Worte, gründend auf der ersten und einzigen direkten Begegnung – auf AUGENHÖHE.

Was war dieser Briefwechsel, welche Bedeutung hatte er? Für mich waren diese Briefe der Versuch in tieferen Kontakt mit Imke zu kommen. INNERSTEN ERLEBEN in mir und ihr gewahr zu werden, für Unsagbares Worte zu finden, scheinbar Unaussprechliches zur Sprache zu bringen. Im Akt des Schreibens aufzudecken, was da ist, mitfühlend-intuitiv, analytisch-aufklärend, Realitäten benennend und Raum weitend, verschüttete Hoffnung hebend, Entwicklungen anregend und bewegend.

BEWUSST-SEIN gewinnen und HEIL-WERDEN kultivieren.

Das WORT als Träger von SINN.

Die POESIE als ein Blindenstock. (Reiner Kunze)

Ich schrieb die Briefe in der Zeit der Vorbereitung, Gründung und des Betriebs unseres Krisenhauses in Berlin/Ost. Dieses Projekt war eine Antwort auf die psychosozialen Nöte in der DDR, vorrangig in der Hauptstadt Berlin. Mit einer Anlaufstelle und einem Haus boten wir Menschen in Krisen passende Interventionen, Begleitung, Schutz, Stärkung, Hilfen zur Bewältigung, Neuorientierung und nachgehende Angebote. (siehe Anhang)

Der DELFIN diente uns dabei als Symbol von Rettung, Halten und Begleiten, von frei lassender Entwicklung.

Was bedeuten mir diese Briefe heute?

JETZT beim Lesen, ja Meditieren, des Gehalts der Briefe komme ich in einen seltsamen Zustand: in eine Art FLOW von tiefem Angerührtsein ob dieser Begegnung, gänzlich vertrauter Präsenz des Vergangenen, wieder erwachendem Mitgefühl in der Erfahrung *von eines* Menschen Leid, Mitfreude und Genugtuung über den Prozess einer schweren, aber offensichtlich gelingenden Transformation, finde mich wieder in einem staunenden Fragen und in einer stillen DANKBARKEIT – unbenennbar und wortlos. Es ging doch letztlich um Leben oder Tod. Und vor allem um ein LEBEN vor dem Tod! Es ging um das Aufrichten einer neuen EXISTENZ, um Vertrauen, Selbstwert und Würde, Wahrhaftigkeit und Identität, Mut, Hoffnung, Freude und immer auch um Schönheit. Die persönlichen Umstände von Imke waren pathogen und traumatisch, die Herrschaftsverhältnisse des DDR-Sozialismus subaltern und repressiv. Durch das Schreiben der Briefe wurde ein geschützter Raum geschaffen, ein Ort innerer Zuflucht und eine Ressource, in der die Seele sich niederlassen konnte, frei atmend, konzentriert und bereit, sich auf den Weg der Veränderung und des Reifens einzulassen.

Bis jetzt waren die Briefe verborgen und lagen im Dunkel. Nun sollen sie ans Licht!

Warum?

6

Weil für mich der Briefwechsel nicht mehr nur ein handgeschrieben-persönliches und ein interessant-zeitgebundenes Dokument darstellt, sondern vor allem ein erinnernd-mitteilender ZEUGE für des Lebens schwieriges Dasein ist: für die KUNST, LEIDEN *zu meistern*.

Dieser Briefwechsel realisiert und erzählt, was viele Menschen zu unterschiedlichen Zeiten und an ganz verschiedenen Orten immer taten und tun: sich aufeinander einlassen, geben und nehmen, jede(r) das Beste versuchend, auch und gerade in den Erfahrungen von Abgrund und Weglosigkeit, *LEBEN zu leben*, allein und gemeinsam, aufmerkend im leeren Netz der universalen Fülle des SEINS. So gesehen wurden mir die Briefe zu einer lebensgeschichtlichen Kostbarkeit!

Hatte ich beim Schreiben unter den Bedingungen der DDR nicht auch manchmal das Gefühl, etwas Subversives und Konspiratives zu tun? Ja, im besten Sinne! Als das, was mich, uns, „unbedingt angeht" (P. Tillich)?

Sollte heute jemand, der diese Briefe liest, dem zustimmen können, würde es mich freuen.

Vor allem danke ich DIR, Imke.

Und ich danke dem wilden GEIST für diese *essenzielle* KOINZIDENZ.

Wolfgang Herdzin

Die nachfolgenden Briefe spiegeln einen Ausschnitt meines Lebens und Denkens wider. Es gab für mich wenig Möglichkeiten, darüber zu sprechen. Vielleicht in kleinen Ansätzen, aber doch nie so offen und so rücksichtslos. Das mag daran liegen, daß ich kein uneingeschränktes Vertrauen zu Menschen finden konnte und mich im Laufe der Jahre immer mehr zurückzog. Der Gedanke, ob man anderen die eigenen Probleme überhaupt zumuten kann, spielt dabei auch eine Rolle.

Isolation verändert das Leben, die Gesprächsbereitschaft verringert sich, weil man unverstanden bleibt. Dieses Unverständnis macht unsicher und führt zur Einsamkeit, die das Leben sinnlos werden lässt.

Die Briefe waren meine ersten Versuche zu sprechen, auch auf die Gefahr hin naiv oder theatralisch zu wirken. Sie waren eine Chance mich auf zu machen, der Versuch mich und mein Tun zu erklären. In ihnen sah ich damals die einzige Möglichkeit ein ernstes, tiefes Gespräch zu führen. Sie wurden mir deshalb so wichtig.

Es geht um das Innere, das schwer zu formulieren ist, in Zeiten der Lebensangst und Depressionen. Um die Frage nach Sinn und den Versuch Möglichkeiten zu finden, ihn zu verwirklichen. Um die Suche nach Wahrheiten, nach Richtigkeit und Verantwortung....

Die Tatsache, dass zum Leben auch der Tod gehört, wird in unserer Zeit mehr und mehr verdrängt, auch wenn wir wissen, dass es uns alle betrifft. Sterbende werden gemieden, tot Kranken tritt man schweigend und hilflos gegenüber, manchmal macht man ihnen etwas vor, Sterbehilfe und Suizid werden tabuisiert...

Wenn wir verstehen, daß die Art zu sterben genauso wichtig ist wie die Art zu leben, könnten wir lernen, damit offener zu sein.

Imke T.

8

25.11.1982

Psychiatrische Klinik, B. Träger des Karl-Marx-Ordens

Sehr geehrter Kollege [Wolfgang Herdzin]!

Bzgl.: Imke T.

[...]

Wir berichten Ihnen über og. Patientin, die uns aus Ihrer Einrichtung nach einem SmV [Selbstmordversuch] mit Benedorm und Alkohol verlegt wurde

Diagnose: SmV bei chron. Konfliktsituation einer infantilen, stimmungssüchtigen Persönlichkeit mit andeutungsweise hysterischen Tendenzen

[...]

Mit kollegialer Hochachtung

Dr. X. X.   X.
Chefarzt   Oberarzt

November 1982

Lieber Herr Herdzin

ich muss mich sehr zusammenreißen, um Ihnen einen konzentrierten Brief schreiben zu können. Ich bin total verzweifelt und durcheinander, kann kaum einen klaren Gedanken fassen. Am 9. und 10.11. hat Dr. X mit mir gesprochen, es sollte der Beginn einer Therapie werden. Er hat mich total „runtergesaut" und fertig gemacht, er hat sehr entwürdigende Umgangsformen zu den Patienten. Ich fühle mich mehr als Versuchsobjekt. Ich kann kein Vertrauen zu ihm finden. Dummerweise sagte ich ihm das auch so deutlich, daß ich keine Grundlage für uns sehe. Ich sagte ihm, daß es Jemanden gibt dem ich ganz vertraue, von dem ich mir Hilfe erhoffe, nämlich Sie. Als dem X. klar wurde, daß er mit mir nicht weiterkommt, reagierte es sofort, indem er mir den Kontakt zu Ihnen untersagte. Ich meinte, das könne er gar nicht. Er würde nicht wissen. daß Sie mich besuchen, sie könnten genauso gut ein Verwandter sein. Daraufhin drohte er mit Besuchsverbot. Das ist das Schlimmste, weil es der einzige Kontakt nach draußen ist. Ich kann mich nur sehr schlecht ausdrücken, ich bin so verzweifelt.

9

Bitte helfen Sie mir und kommen Sie in die Nervenklinik. Es weiß hier ja niemand wer Sie sind. Wir müssen dieses Risiko eingehen, ich muss mit Ihnen sprechen. Ich habe solche Angst, die machen mich hier fertig. Ich bin jetzt wieder so weit, wie in den ersten zwei Tagen, ich weine nur noch, sehe keine Möglichkeit hier jemals wieder herauszukommen. Ich kann mit dieser irren Atmosphäre nicht fertig werden, ich schaffe das nicht, bin viel zu schwach. Ich habe eine sehr schlechte Nacht hinter mir. Eine der vielen Frauen wurde stufenweise von ihren Medikamenten abgesetzt und ist nun total durchgedreht. Sie hat die ganze Nacht geschrien, sehr laut, und eine Tür eingetreten. Sie wurde schließlich ans Bett gefesselt, hat aber nicht aufgehört zu schreien. In solchen Situationen spüre ich, wie nahe ich selbst am Wahnsinn bin. Der X. sagte, Sie würden ihm ins Handwerk pfuschen. Aber ich brauche Sie, bitte helfen Sie mir. Es gab schon Tage wo ich dachte, ich werde die Zeit hier überstehen um dann nochmal ganz neu anzufangen. Aber ich merke immer wieder wie wenig belastbar ich bin und ich will den Tod jetzt mehr als vor dem Versuch. Z. bestärkt mich geradezu noch darin und ich weiß nicht wie er therapieren will, wenn bei mir alles andersherum ankommt.

Ich brauche Ihre Hilfe, Sie sind meine letzte Hoffnung! X. ist immer darauf bedacht mir zu zeigen, dass er am längeren Hebel sitzt. Er sagte so z.b., daß es ganz bei ihm liegt, ob ich hier überhaupt herauskomme und ich solle es mir mit ihm nicht verscherzen, was immer das heißen soll. Ich warf ihm vor, die Menschen hier ganz unmöglich zu behandeln. Er meinte, es gehöre zur Therapie und ich würde nichts davon verstehen. Das ist vielleicht richtig, aber ich kann mir nicht vorstellen, daß es gesund sein soll, wenn er einer jungen Frau sagt, es ist besser das deine Mutter gestorben ist, Ausgang zur Beerdigung gibt es nicht. Eine Krankenschwester wollte er rausschmeißen, wenn sie mir noch einmal was zu lesen gibt, ohne seine Erlaubnis. Sie sehen meine Ängste sind keine Visionen, wenn man ohnmächtig mit einer solchen Autorität konfrontiert wird. Ich weiß, Sie werden alles versuchen, um mir zu helfen, aber ich habe Angst, daß Ihre Position nicht ausreicht.

Trotzdem vielen Dank

Imke T.

Weihnachten 1982

Herr Herdzin!

Ich versuche nun also krampfhaft Ihnen einen Brief zu schreiben, hauptsächlich um mich zu den Problemen zu äußern die mich jetzt nicht weniger belastend als vorher. Krampfhaft deshalb, weil ich praktisch nicht weiß, wie und wo ich beginnen soll und eigentlich noch immer keinen rechten Sinn sehe, mich Ihnen total anzuvertrauen, da es mein Vorstellungsvermögen übersteigt an irgendeine Hilfe zu glauben, gleich in welcher Form.

Zuerst einmal aber muss ich Ihnen dringend sagen, daß die Gespräche für mich schon sehr wichtig sind und besonders am Anfang eine große Hilfe waren. Vor allem ihr erstes Auftreten im Krankenhaus hat mich unheimlich beeindruckt. Nämlich als sie mir sagten, Sie hätten Vertrauen zu mir; ich habe das erst nicht verstanden, aber dann wurde mir klar, daß nur wenn Sie zu mir Vertrauen haben, auch ich zu Ihnen Vertrauen haben kann. Und das habe ich ganz bestimmt, doch ich bin noch ziemlich verwirrt und nicht unter allen Umständen bereit zu leben, ich weiß nicht was jetzt kommt, ich kann mir einfach meine Zukunft nicht vorstellen und das erschwert die ganze Sache.

Schon allein das ist nur ein Zufall ist, daß wir uns zu Gesprächen zusammensetzen, bringt die Frage hervor, was wäre gewesen, wenn man mir in einem anderen Krankenhaus den Magen ausgepumpt hätte, wie wäre ich in mein neues, altes Leben eingestiegen?

Ich bin sicher, daß sie von diesen Gesprächen, beziehungsweise von mir eine Menge mehr an Vertrauen, Offenheit und vor allem Mitarbeit erwartet haben, ich glaube ich habe einen Knoten in der Zunge. Das Gespräche nun nicht so flüssig ablaufen, liegt also unbedingt an mir und das kommt daher, daß wir über Dinge reden müssen, praktisch Pläne machen, von denen ich gar nichts hören will oder besser, die für mich so ziemlich tabu sind. Verstehen Sie mich richtig, wir müssen ja Pläne machen, sonst hat das Ganze keinen Sinn, aber ich glaube einfach an nichts, auch nicht an mich. Sie versuchen nun also mir das Leben „schmackhaft" zu machen, und geben mir permanent Mut, alles anzupacken, das ist ihre Aufgabe und sicher ein aufopfernder Job, aber im Moment bin ich ein leerer Energiebeutel. Ich kann Ihnen versichern, es ist nicht so einfach, mich zum Leben zu animieren, wo ich nicht die geringste Absicht dazu habe (ich will Sie damit nicht ärgern). Irgendwann wird jeder zum Scheusal seiner Anpassung und ist es dann gut da zu sein, wo man gar nicht sein will? Trotzdem habe ich ein nicht allzu geringes Interesse an den Gesprächen und ich kann Ihnen sagen, daß sie viel mehr von mir wissen als die, die glauben mich zu kennen. Da ich nun mit meiner Mutter nicht so offen darüber spreche, um sie ja nicht so sehr zu belasten und meine „rosa Freunde" mich ohnehin nicht verstehen können

11

(sie leben so gern und ausgiebig), kann ich Ihnen unmöglich klarmachen, was überhaupt in mir vorgeht und daß ich noch längst nicht mit beiden Beinen auf der Erde stehe. Sie glauben, Sie hatten mich nun doch zum Leben bewegt, nach dem Motto: lebe, wie ist egal, aber lebe um Himmels willen! Ja, jetzt sind sie alle davon überzeugt, daß ich weitermache, irgendwie, und sicher glaubt auch X. an die Wirkung seiner fragwürdigen „Therapie".

Ich nahm stark an, daß die Leute von mir glauben, daß ich mich mit 60 Schlaftabletten bemerkbar machen wollte, einmal Mittelpunkt sein will und sie waren schließlich zutiefst geschockt oder gerührt? Jetzt weiß ich, daß es tatsächlich so ist. Sie haben nichts verstanden, die Leute. Um niemanden vor den Kopf zu stoßen und nicht zu nerven, beginnt nun für mich alles von vorne, ich setze meine Maske auf und freue mich des Lebens. Für mich ist alles wie gestern und ich habe nicht neu angefangen, sondern da weitergemacht, wo ich einmal aufgehört habe. All mein Misstrauen und alle meine Fragen stehen also unverändert im Raum und die große Frage nach dem Sinn des Lebens, ist für mich unbeantwortet geblieben.

Es hat sich also nichts verändert, ich nicht und auch nicht der Wunsch, den Tod vorzuziehen. Meine Situation ist sogar noch komplizierter geworden. Wenn ich Ihnen sage, es ist mein größter Wunsch (noch immer), auf einen Turm zu steigen, dann frage ich, was haben Sie für authentische Argumente dagegen? Das ich nicht so ohne weiteres auf meinen Turm steige, „verdanke" ich allein meiner Mutter, sie würde es nicht aushalten. Es ist nicht meine Absicht, Schuld und Schmerz zu verteilen, ich würde da gerne etwas richtig stellen. Aber wie kann man verstehen, wenn man mit Schweigen alles zudeckt, wenn allein die Vorstellung vorherrscht, daß ein Selbstmörder gar nicht wirklich den Tod sucht, das er eigentlich gerettet werden will. Ich denke, ich bin jetzt noch beknackter dran als vorher, denn sie zwingt mich unbewusst, aber doch zu einem konventionellen Leben. Meinen Turm kann ich also erst einmal vergessen und muss nun tatsächlich irgendwie leben, zumindest noch eine Weile, bis sich der Sturm gelegt hat, bis Gras darüber gewachsen ist. Und ich habe ja dabei auch nichts weiter zu verlieren als meiner Angst. Trotzdem fühle ich mich jetzt total eingeengt und habe keine Vorstellung von dem was nun kommt, weil ich glaube, daß es nicht das ist, wovon ich immer geträumt habe. Meine Sehnsucht nach einem freien, lukrativen Leben wird sicher eine Illusion bleiben, denn es gehört zu viel dazu.

Der Widerspruch zwischen dem, was ich vom Leben erwarte und der Realität; einerseits meine absolute Lethargie und andererseits die arge Diskrepanz zwischen meiner Lebensauffassung und der von all den gelackten Leuten und spinnösen Spießbürgern, macht mich total konfus und ich weiß einfach nicht, wie ich es anfangen soll damit sinnvoll zu leben, weil alles so widersprüchlich und so absurd ist. Ich komme immer wieder auf den gleichen Punkt, daß es ohne Anpassung nicht funktioniert. Oder daß man eine gewisse Stärke braucht, um gegen ein System und die Politik die es produziert, die sich aus ihm selbst ergibt, anzugehen. Nun, ich habe diese Stärke nicht und wollt mich deshalb aus diesem Konflikt herausnehmen, auch weil ich glaube, daß es eine Verantwortung gibt. Ich hoffe, daß dies keine Dauerwelle ist und ich hoffe auch, daß Sie mir eine gute Inspiration sind, denn ich habe keinen inneren Weg und wer will schon gerne ohne Hoffnung sein. Ich denke man muss neu geboren werden, um wirklich neu beginnen zu können, ohne Vorurteile, ohne Haß und Feinde, bewältigter Vergangenheit wäre gut.

Ich glaube ich brauche erst einmal Zeit, viel Zeit für mich, um mir überhaupt klarzumachen, was ich eigentlich will, denn gerade das weiß ich nicht genau.

Übrigens, mein Suizid war keine Agonie, ich würde eher sagen, mein Aussteigen wäre ein Eintreten in eine fremde Stelle, einfach die Bequemlichkeit, sich nicht mit Situationen oder irgendwelchen Leuten auseinander setzen zu müssen.

Dieser Brief, waren meine Feiertage und das ist keineswegs ironisch gemeint.

Ich stellte mir eine fette Kerze auf den Tisch, hörte Bluesplatten und Tangerine Dream und fühlte mich unerhört wohl unglücklich. Nur morgens, wenn ich aufstand und auf die Straße ging, war für den Rest des Tages alles vorbei, oder nur weit weg? Was halten Sie von folgendem Spruch?

Gestern ist Asche, morgen ist Holz, nur heute brennt das Feuer.

Imke T.

7.1.1983

Es gibt keine schwierigere Kunst als zu leben. Für andere Künste und Wissenschaften kann man überall zahlreiche Lehrer finden. Selbst junge Leute glauben, sie hatten sich diese Kunst schon soweit erworben, daß sie andere unterrichten könnten: während seines ganzen Lebens muss man immer weiter lernen zu leben, und, was euch noch mehr erstaunen wird, während des ganzen Lebens muss man lernen zu sterben.

Seneca

Liebes Fräulein Imke!

Auf die Gefahr jedes Wortes hin missverstanden zu werden, möchte ich Ihnen auch mit einem Brief antworten. Und ich wünsche, daß Sie all der Deutbarkeit und Zwiespältigkeit von Worten eines dazu fügen, ohne daß kein Mensch leben kann: ich meine Vertrauen. Das wird mich trösten, da wo ich keine Worte finden kann oder wo ich falsch verstehe oder wo ich einfach nicht weiterweiß. Denn mir ist die angemaßte Sicherheit der Erkenntnis und Methode so mancher meiner Zunftgenossen peinlich, bisweilen erschreckt sie mich oder macht mich zornig. Menschen sind für mich keine „Fälle". Obgleich ich sie in eigener Freiheit und Verantwortung lasse, so berühre ich doch Ihre Gedanken, fühle mit Ihnen, finde mich in ihnen wieder. „Nichts Menschliches ist mir fremd", dieser Satz, den Karl Marx schon zu seinen besten zählte, ist auch für mich Maxime.

Ich habe einen guten Brief von Ihnen bekommen und möchte mich dafür mit großer Herzlichkeit bedanken. Wie viel Zeit und Mühe mögen sie wohl dafür verwendet haben? Wieder einmal erstaunt mich die Genauigkeit der Sprache, die Sie schreiben. Ich weiß ja selbst genug, wie mühselig es ist, sich mit Worten auf die Suche nach sich selbst und anderen zu machen, die Welt in der man lebt zu erkunden. Gerade aber in einer Zeit, die so viel mit Worten verschleiert oder lügt (denken Sie nur mal wofür das Wort ‚Liebe' alles gebraucht wird) und einen damit in Verwirrung stürzt, sind die echten und richtigen Worte kostbar wie Brot. Man kann von ihnen leben.

Und so denke ich, daß Ihr Schreiben kein Selbstzweck ist oder die Ironie einer leeren Beschäftigungstherapie. Es ist, was es für mich und zig andere Menschen im Letzten war und ist: Möglichkeit, das Leben tiefer zu verstehen, es vielleicht zu lieben. Oder lieben zu lernen.

Sie haben ein Alter und leben in einer Situation, die ihre persönlichen Fragen und die Widersprüche Ihrer Umwelt fast ins Unmenschliche dehnen. Wo kann und soll ich mich orientieren (nach all den Enttäuschungen), wie kann ich erfüllt, glücklich leben, so lautet vielleicht eine ihrer tiefen Fragen. Sie stellen diese Fragen mitten in eine erschreckende Banalität sich sinnlos aneinander reihender Tage. Doch hinter dieser Banalität spüre ich eine ungeheure Intensität und Sehnsucht. Sehnsucht nach Ehrlichkeit, Freisein, guten Gesprächen und Liebe. Das Sie diese Sehnsucht haben beweist – im Gegensatz zu all den Gleichgültigen, eigentlich schon tot Lebenden – wie doch ein innerster Raum in Ihnen existiert, der ahnt worauf es ankommt, der Ihnen sagt, dies oder das ist wirklich wesentlich. Beim Lesen ihres Tagebuchs schaute ich ganz tief in diesem Raum. (wäre das Wort Herz zu kitschig oder altmodisch hierfür?) Und ich war zutiefst beeindruckt und bereichert.

Was wünsche ich mir nun von Ihnen? Ich wünsche, dass Sie Inhalte in Ihrem Leben finden, Leuchtpunkte, die Ihnen den Weg weisen. Oft sind sie einfach da, nur man selbst ist zu wenig aufmerksam, sensibel, um sie wahrzunehmen. Ich weiß nicht, ob Ihnen das Glitzern eines Blattes im Morgentau etwas bedeutet oder ein gutes Frühstück oder das Lächeln eines Menschen.

Die Freude am Elementaren, die ist uns „kultivierten" Menschen ja so abhanden gekommen. Doch fängt Kultur nicht überhaupt erst hier an? Kultur etwa als Sinnträger? Dann gibt es Inhalte, die muss man erkämpfen. Das macht sie auch wertvoll. Ich denke, daß hierher solche Dinge gehören wie Charakterbildung, Suche nach Engagement (zum Beispiel alternative Lebensformen, Abrüstung), Aufbau von Freundschaft. Vielleicht bietet Ihnen der Raum der Kirchen Möglichkeiten, hier weiterzukommen, ohne sie irgendwie vereinnahmen zu wollen. Haben Sie Vertrauen zu Ihren inneren Kräften, an ihren Gebrauch werden sie wachsen.

Und noch eines zum weiteren Vorgehen will ich Ihnen schreiben. Erwarten Sie nicht von heute auf morgen das Wunder, üben Sie sich in einem langen Atem, wählen Sie die Taktik der kleinen Schritte. Ich weiß, daß dies einem jungen Menschen zu sagen, sehr schwer ist. Aber nicht die Begeisterung eines kurzlebigen Strohfeuers soll Sie tragen, noch sollen Sie in Resignation vor einer Riesen-Aufgabe fallen. Die Buchstaben im Alphabet des Lebens zu lernen ist mitunter zäh und hart. Doch wird Freude jedes Mal dann hervorbrechen, wenn sie einen Satz daraus eigenständig schreiben können. Vielleicht einen so einfachen und schweren Satz wie: Ich habe Hoffnung.

Wolfgang Herdzin

Lieber Herr Herdzin!

Ich habe oft das große Bedürfnis einfach drauflos zu latschen, irgendwo- hin, nur weg von all den Gedanken und Problemen, die in meiner Hütte wohnen. Dann hole ich E. und wir gehen wohin uns die uns die Schritte lenken, ohne Ziel. Sie fragen mich nun in ihrem Brief nach dem Glitzern eines Blattes im Morgentau und nach einem Lächeln und nach allem was schön und selten ist.

Was glauben Sie was ich zusammen mit E. erlebe, beobachte und jetzt erst intensiv wahrnehme. Anfangs zeigte mir E. all die Kleinigkeiten, die doch so groß sind und die wir Älteren (Erwachsenen) nur allzu oft übersehen. Wir wandern im Sommer bei herrlichem Sonnenschein in die freie Natur und genießen die Stimmung dieser anderen Welt in vollen Zügen. Schmetterlinge, Bienen und ne Menge Mücken schwirren durch die Luft und Grillen zirpen ihr eintöniges, aber doch liebliches Lied. In inniger Harmonie leben all diese zierlichen Wesen zusammen, so dass Neid und Streit hier keinen Raum haben. Nicht zu vergleichen mit der Menschheit. Wir sind auch viel am Wasser, weil es sich gerade so anbietet und E. ohnehin einer Wasserratte ist. Wir füttern die Wasservögel und alles was sich sonst noch dazu gesellt und E.

unterhielt sich auch einmal mit einem sehr reizvollen, eleganten Schwan, auf seine Weise natürlich.

Diese Spaziergänge, bei denen mir E. mit seinen zwei Jährchen so viel gezeigt hat, bei denen ich von ihm eine Menge lerne, bei denen ich beginne mich einfach nur an der Natur zu erfreuen und bei denen ich begreife wie wertvoll und schön diese so achtlos und gering geschätzten Dinge für mich sind, diese Spaziergänge sind eine echte Bereicherung. So viel Honig, in dieser so kurzen Zeit mit ihm, nur schade, daß er bisher der einzige ist, der dafür Interesse zeigt. Neulich führte uns unser Weg in einem kleinen Wald, doch was für ein trauriger Anblick, mehr Gerümpel als alles andere. Die Menschen machen sich bemerkbar und ich möchte sie hassen für Ihre Sorglosigkeit.

Ein Vorfall regt mich dazu an über den Nutzen und Schaden der Tiere, worüber die Ansichten geteilt sind, noch etwas zu schreiben. Wie sich die Menschen das Recht anmaßen, alles Leben und alle Bewegung auf unserer Erde als nützlich oder schädlich zu beurteilen. Vor nicht allzu langer Zeit hat eine Nachbarin meiner Mutter endlich den Zerstörer ihres Gartens aufgespürt und ihn mit dem Absatz ihres Schuhes zerdrückt, der Maulwurf also, der durch das Verzehren von Engerlingen und anderen Insektenlarven zweifellos sehr nützlich ist, aber auch Regenwürmer sehr liebt und diese wiederum als „Erdarbeiter" sehr nützlich sind, wird hierdurch zum schädlichen Tier. Auch tragen die Maulwurfshügel nicht gerade zur Verschönerung gepflegter Gärten bei. Es geht mit dem Maulwurf wie mit so vielen Tieren, denn von Natur ist kein Tier nur schädlich oder nur nützlich. Jedes Tier hat viel mehr im Haushalt der Natur seine bestimmte Aufgabe zu erfüllen. Das Zusammenwirken aller Lebewesen erhält das Gleichgewicht in der Natur. Die Begriffe „schädlich" und „nützlich" sind erst durch die Kultur des Menschen geprägt worden, die leider über so viele Tiere das Todesurteil gefällt hat. Ich denke hierbei nicht nur an die so „schädlichen" Tiere, sondern gerade an die, die aufgrund ihrer Nützlichkeit (allein für den Menschen) fast ausgerottet werden. Im Moment sind Robbenfelle out. Schon als Kind bin ich singend durch die Wälder gestreift, habe Blumen für Mutter gesammelt (meist Unkraut, die wertvollen Blumen waren eingezäunt) und plauderte mit mir und wer sonst noch da war. Bis mich zwei Männer weg fingen, dann hatte ich Angst vorm schwarzen Mann und unterließ meine Wanderungen. Das ich den Kontakt zur Natur wieder gefunden habe, liegt nur an E. Er war kaum geboren, da wollte ich ihm schon alles zeigen und nun zeigt er mir mehr. Die Zeit mit ihm ist eigentlich das einzige Schöne, abgesehen von den im Verhältnis gesehen, doch recht toten Büchern. Dies alles belebt mich ungeheuerlich, frischt mich auf, aber nur kurze Zeit, denn große Trauer kommt, wenn ich wieder in meinen vier Wänden sitze, Angst und Trauer, einsam und endgültig, wenn ich anfange zu grübeln. Vielleicht wäre es klug von mir, meine Vergangenheit zu vergessen, denn mich schwächt die Erinnerung an die Vergangenheit, die Energie im Kampf um die Gegenwart und die Hoffnung auf einer (auf die) Zukunft. Ich müsste den Dingen gegenüber Gleichmut bewahren und mir nicht das Leben mit überflüssigem Grübeln verbittern, ich müsste alle Gefühle und Anschauungen, die ich soeben noch hatte einfach auszulöschen. Aber was in aller Welt soll mir dann Ersatz bieten für das, was ich damit von mir abstreife?

Ich habe momentan noch keine Meinung, aber sollte ich irgendwann meinen Standpunkt gefunden haben, dann muss ich auch das Recht haben meiner Meinung kund zu tun. Das einzige, was ich habe, ist eine unbeschreibliche Angst, Angst zu leben. Angst, daß ich verrückt werde, Angst vor einer rigorosen Politik, Angst vor der Einsamkeit und Angst um mich, daß ich einmal so werde, wie ich nie sein wollte. Angst das ich mit allem nicht fertig werde, denn es ist so schwer und gerade davor wollte ich mich drücken.

Ich habe Angst, morgen arbeiten zu gehen, Angst vor den Blicken und Angst das ich darüber einmal meine Mutter vergesse.

Immer nur Angst.

Ich habe tatsächlich an ein Wunder geglaubt oder besser mich daran festgekrallt, ich bildete mir ein, daß alles einmal anders wird, doch welch große Enttäuschung, dabei weiß ich doch nur zu gut, daß es nicht von allein kommt.

Wissen Sie, ich möchte so gerne Leute in mein Leben mit einbeziehen, ich möchte sie teilhaben lassen an den Dingen, die für mich von so großer Bedeutung sind und mich mit ihnen freuen über all die Kleinigkeiten oder mich mit ihnen über kitzlige Fragen streiten. Wenn ich ein gutes Buch lese, dann überkommt mich große Lust, es der ganzen Welt zu zeigen.

Gestern war im Fernsehen ein Tierfilm, bei dem gerade abgerichtete Elefanten gezeigt wurden und J. (er war einmal mein Lieblingsbruder) fragte wie die Menschen das wohl schaffen, diese gigantischen Tiere zu zähmen. Da fiel mir das Zitat in Maxie's [Wanders] Buch ein und ich erzählte ihm davon, dann holte ich das Buch fand auch gleich die Seite und wollte dass er es liest. Er hat es nicht gelesen. Was für eine Reaktion, für mich Grund zur Traurigkeit.

Er, den ich einmal so bewundert habe, von wem ich so viel gelernt habe, ausgerechnet er weist dieses Buch zurück. Und es ist nicht das einzige, was ich ihm schon so oft hingelegt habe, mit ein paar reizvollen Worten dazu. Ich habe ihn verloren, kann keine moralische Unterstützung finden oder erwarten. Er lebt (für mich urplötzlich) in einer anderen Welt, in einer Welt des alltäglichen, monotonen Daseins. Für mich ein großer Verlust, bei seinem Wissen und den Plänen die er einmal hatte. Aber seine Pläne sind nicht mehr dieselben, sein Lebensinhalt besteht jetzt darin, zu heiraten und materiellen Besitz zusammen zu kratzen; arbeiten, essen, fernsehen, schlafen, sonst nichts. Erdrückend!

Da hört meist die Freundschaft auf, Freundschaften, die Ortswechsel, Ehen, und so weiter überdauern sollten. Mensch, ich habe ihn verloren, einer von so furchtbar Wenigen, die ich habe, versuche immer noch ihn krampfhaft zurückzugewinnen und merke dabei, wie ich ihm auf die Nerven gehe.

Wissen Sie, ich habe viele Leute um mich herum (suche sie), bin fast nie allein, selbst dann nicht, wenn ich es sein möchte, aber einsam bin ich immer. Ich kann einfach nicht reden und gerade das ist wichtig für mich. Sehen Sie, da gibt es Leute, die wollen mich nur sehen, zum Beispiel die Leute in der Kneipe (mehr Männer als Frauen), dann gibt es Leute, die wollen das ich einfach da bin (meiner Angehörigen) und dann gibt es noch Leute, die die Berechtigung für mein Dasein darin sehen, daß ich materielle Werte schaffe (Job). Die einen ignorieren mich, es sei denn es geht um die Planerfüllung und die anderen erzählen nur „Schnee", von dem man sagen kann, es wäre nicht aufgefallen, hätten sie es nicht erzählt. Oft geht es hierbei um die so verschieden interpretierte Liebe, von der jeder seiner Ideen und Erfahrungen loswerden will. Sie nennen es Liebe und erzählen von einem Sporterlebnis. Ich kann also nicht reden, nicht mit J., er hört mir nicht einmal zu und nicht mit Mutter, denn was glauben Sie, was Sie mir für Ratschläge gibt. Ich solle mich vom politischen Geschehen (und somit ja auch von sozialen Diskrepanzen) abwenden, erst einmal an mich denken. Ja, es gibt immer noch Leute, die nicht kapiert haben, daß man sich der Politik nicht entziehen kann.

Außerdem, was meinen Partner betrifft, so sollte ich doch besser ohne Mann bleiben, weil er sowieso erst gebacken werden musste, und ohne Mann zu leben erspart viel Geld und Ärger. Mensch, hat sie denn ihre Jugend vergessen, von der sie mir so fantastische Sachen erzählt hat? Von wen oder was will sie mich denn bloß bewahren? Vor dem Größten was es überhaupt nur gibt?

Ich habe Angst, daß ich mich auch einmal so abgeschlafft an einen Fernseher und eine Schrankwand hänge, denn für viele zählt nach außen nur der Besitz. Vielleicht noch dazu farblich passende Bücher, die im Regal einstauben, denn man will ja auch Bildung und Wissen anpreisen. Ich wünsche mir auch einiges (von mir), nämlich die beglückende Erfahrung einer, nein vieler, Freundschaften. Und das aus meiner Sehnsucht, Liebe zu verwirklichen und zu erleben, keine Fluchtgeschichte wird und ich wünsche mir, daß ich Ihnen einmal einen Brief schreiben kann, der aus einem Satz besteht. Sicher muss ich noch einiges tun, bevor ich schreiben kann: Ich finde Hoffnung. Vielleicht, irgendwann.

Ich glaube nicht, dass der Weihnachtsmann mir meine Wünsche erfüllt und daß ich selbst kann auch schlecht aus dem Nichts etwas bauen, es hängt allein von der Situation ab und nur daraus kann ich etwas machen, vorausgesetzt sie wird mir gegeben. Ich möchte jede Chance wahrnehmen, um meine Wünsche zu realisieren, ich möchte alles ausprobieren, Erfahrungen und Enttäuschungen (ohne die es nicht geht) sammeln und auswerten. Ich möchte nichts unversucht lassen, jede Möglichkeit nutzen, aber weiß man denn von allen Möglichkeiten, dass es sie gibt?

Ich kann nicht alles wissen und sicher kann ich mit meinen 20 Jahren (grün und unwissend wie ich bin) noch nicht alles verstehen und überschauen und vielleicht schätze ich einiges falsch ein. Man lernt eben nie aus.

Ich hatte nicht die Absicht, einen Roman zu schreiben, dennoch ist mein Brief ein wenig lang geworden, es hat sich so ergeben, ich möchte mich nun nur noch bei Ihnen bedanken für Ihren sehr guten Brief (ich lese Ihn oft), für Ihr Ohr und für Ihre Geduld.

Herzlichen Dank

die Imke

PS: übrigens, ich habe in meinem Vorgarten die ersten grünen Spitzen von Schneeglöckchen gesehen, (Vorfreude) ob der Winter vorbei ist?

P., den 26.1.83

Liebes Fräulein Imke T.!

Wir schreiben um Flüchtigen Halt zu geben. Um Momenten der Klarsicht und Weisheit Dauer zu verleihen, sie durch Erinnerung lebendig zu halten und sie fort zu entwickeln.

Mich hat es tief bewegt, was und wie Sie schreiben. Ich las Ihre sensiblen Zeilen auf meiner Zugfahrt zurück nach Berlin. Dazu angelte ich mir kleine Stückchen von einem frischen, würzigen Mecklenburger-Brot (eine alte „Leidenschaft" aus der Kindheit!). Ich wüsste nicht zu sagen, welches Brot mir mehr Nahrung war!

Sie sprechen vieles an, was auch mir Herzensbedürfnis – und ebenso Grund zur Trauer ist. Ich entdecke in Ihren Zeilen eine große Liebe zur Natur, zu dem, was wir nicht hergestellt oder produziert haben, eben was einfach da ist, in seiner Weise. Sie beschreiben diese Welt mit deren eigenen Gesetzen und Regeln, mit ihrem Überschwang und ihrer Verletzlichkeit. Und doch ist es eine Welt, die sich selbst nicht erkennt. Sie fühlt zwar und sehnt sich, sie hat aber kein Bewusstsein zu sich selbst. Es gibt eine eigenartige Grenze, ein unlösbares Befangensein in der

Natur, das Nicht-Erwachen-Können. Seltsam, wie tief manchmal die Freundschaft zu einem Tier sein kann, aber keine noch so tiefe Sehnsucht reicht aus, um aus den Gefühlen ein Erkennen zu machen. Nur der Mensch, der Mensch mit anderen Menschen, ist fähig diese Grenze zu überschreiten. Er kann die Kaskaden des Lichtes am Morgen und Abend mit Staunen betrachten, kann das gute Schweigen des Waldes mit dem Herzen ermessen, kann sich in den Wind mit seinen Zärtlichkeiten verlieben.

Ja, er kann, er braucht, er muss es nicht verstehen.

Er kann, wie es heute vielen geht, kaum aus den natürlichen Banden heraustreten, er kann nur leben um zu essen, schlafen und sich fort zu pflanzen. Sich selbst und seine Welt wird ja nur matt wahrnehmen, abhängig von den Launen seiner Begierden, abhängig von dem, was die Umwelt und Gesellschaft mit ihm macht. Er wird eines nicht kennen, was den Menschen erst zum reifen Menschen macht: das Wachsen zur Freiheit.

Freiheit hat für mich zwei Dimensionen, eine persönliche und eine im weitesten Sinne gesellschaftliche. Ich denke, daß wir aufgerufen sind, unseren eigenen Egoismus zu verringern, daß wir fähig werden, und uns selbst und die Welt um uns so zu sehen, wie sie wirklich ist. Solange man noch nicht erwacht ist, kreist man in seinen Gedanken nur in seiner eigenen Welt, man bleibt sozusagen natürlicherweise ein Egoist. Man muss also begreifen, daß nur der Akt einer Hingabe an etwas, was größer ist als man selbst, die Fesseln des kleinen Ich sprengen kann. Für mich liegen gerade in der Unfähigkeit sich selbst zu überschreiten die Wurzeln vieler Ängste, Krankheiten, ja selbst der Wahnsinn ist hier verankert. Menschen aber, die es geschafft haben, sich in einer persönlichen Beziehung (Liebe, Freundschaft) oder in Bezug auf einer Sache oder Idee hin zu verwirklichen, leben von einer Kraft, die größer ist als man selbst. Wichtig scheint mir zu sein – und diese Tonlage kennen sie auch – die Inhalte dieser Beziehungen auf ihre Wahrhaftigkeit hin kritisch zu prüfen. Handelt es sich um lebendige Beziehungen, die ein „mehr" an menschlicher Entwicklung verheißen oder sind es nur tote, stumme Schablonen von Ehe und Freundschaft, Schattenbilder religiöser oder politischer Visionen?

Doch stocke ich hier, und ich frage mich, kann und soll ich Ihnen denn diese schwierige Erkenntnis und denen noch schwierigeren Weg veränderter Praxis überhaupt so deutlich sagen? Soll ich Ihnen nicht lieber entgegenkommen mit kleinen tröstlichen Illusionen? Der Wirklichkeit Glitzerlichter aufsetzen? Notlügen vielleicht? Ich mute Ihnen viel zu, ich weiß es. Aber ich denke Sie sind selbst reif genug, um von Illusionen nicht mehr leben zu können. Sie brauchen andere Kost. Ohne diese können Sie, wollen Sie nicht leben.

Und so wäre ich froh, wenn es mir oder vielmehr Ihnen gelänge, Anschluss zu finden an das, was ich versuchsweise mal den leisen Aufbruch zu neuen Horizonten nennen möchte. Gemacht wird er zunächst von Minderheiten. Er beinhaltet all die Fragen, Ängste und Erwartungen, die in Ihrem Brief auch zum Ausdruck kommen. Wir in unserem Land ahnen nur vage die Möglichkeiten, die sich auftun, begegnen nur zaghaft, kleingläubig, zweifelnd den Fragen, die voran junge Menschen auf ihre Anstecker geschrieben haben. Ihre Themen sind persönlicher und gesellschaftlicher Art, sie sehen einen Zusammenhang zwischen beiden. Und sie rufen auf zum Kampf gegen die Zerschlagung und Achtlosigkeit der Natur gegenüber, versuchen offen und solidarisch miteinander umzugehen, geben der Arbeit ihre Würde zurück, indem sie ihre schöpferischen Kräfte erspüren und ausdrücken (dies nicht unbedingt im Beruf nur sehen), vergessen nicht die großen politischen Zusammenhänge. Es gibt so viele Themen, so vieles was in und um uns schlummert und nach Verwirklichung schreit. Es ist nicht unmöglich diesen Wünschen Raum, Erfüllung zu geben. Bis zu einem gewissen Grad sind unsere Wünsche erfüllbar.

Wir brauchen für diese Fragen einen starken Glauben, der Dinge für möglich hält, die heute nur im Keim existieren. Ja, sollten diese zarten Pflanzen nicht selbst harten Stein durchbrechen, wenn es um Licht und Wärme geht?

Wir brauchen heute wieder den Aufruhr der großen Gefühle, um aufzubrechen aus der Sattheit des Mittelmaßes und der Todesnähe. Um Ihnen Beständigkeit zu geben, müssen wir das weite, bunte Panorama an weltweitem Aufbruch in uns einfangen. Es kann auch unser Herz entzünden.

Suchen Sie Anschluss an Menschen, die mit diesen Fragen leben, strecken Sie sich weiter aus nach Wissen und Erlebnissen von Sinn. Sie werden nicht allein bleiben, der Kampf lohnt sich. Und diesen Lohn meine ich ganz diesseitig, nicht als ferne Zukunft. Im Kampf ums Mensch sein wird es immer wieder Augenblicke geben, ob nun mit anderen zusammen oder ganz allein mit sich, die man gegen nichts in der Welt eintauschen möchte. Wir sollten solche Augenblicke sammeln und sie weit machen, damit daraus die Dankbarkeit einer Biografie, damit daraus Geschichte wird. Unzählig viele Menschen haben uns das vorgemacht und führen es weiter. Warum sollten wir, Sie wie ich auch, nicht dazu fähig sein?!

Wolfgang Herdzin

27. Februar 1985

Lieber Wolfgang Herdzin

Wenn Sie diesen Brief gelesen haben, kann ich sicher sein, daß Ihnen deutlich wird, was ich Ihnen zu verdanken habe. Ich will Ihnen nicht schreiben, was ich in der langen Zeit erlebt und erfahren habe, in der ich den Kontakt zu ihnen bewusst gemieden habe, um eben für mich einen Weg zu finden, den ich auch tatsächlich allein gehen kann, ohne dabei an jeder Kleinigkeit zu zerbrechen. Ich glaube nicht, daß es falsch war, mich selbst und meine Erträglichkeiten zu suchen, auf der Basis mir selbst zu helfen, soweit dies überhaupt möglich ist.

Ich habe mich in meiner ganzen seelischen Konstitution verändert und ich bin innerlich so aufgekratzt, daß ich einfach unfähig bin, das auszudrücken was in mir abläuft.

Vielleicht ein Satz: Ich bin rund herum glücklich und denke, daß dieser Zustand eine Beständigkeit hat.

Sie wissen sehr gut, das Leben für mich der Inbegriff von Trauer, Trostlosigkeit, ja sogar in Qual war, aber Sie können nicht wissen, daß ich, so lange ich denken kann, unglücklich war. Ich meine, es war immer schon so und es gab nie eine bedeutende Veränderung. Mein Leben war ein Slalom durch tausend miese Gefühle, ohne Hoffnung auf etwas Besseres. Ich bin die Zielscheibe allgemeinen Unmuts geworden und ich weiß, daß soziale Beziehungslosigkeit auch eine Form von Tod sein kann. Nach meinem verpassten Exitus gab es nur noch potenzierte Unzufriedenheit, alles, war wie gestern und nur eine Rekonstruktion der verpassten Chancen. Sicher habe ich versucht, einen neuen Anfang zu probieren, aber das wissen Sie ja selbst, im Grunde doch hat sich meine Lebenssituation nie verändert, die geringsten Versuche ein neues Leben aufzubauen mussten einfach scheitern, weil es keine Quelle gab aus der ich mir die Kraft und den Mut ziehen konnte, den ich brauchte um mir eine reale Grundlage zu schaffen. Es war wohl auch nicht möglich, mir im innerbetrieblichen Bereich eine Chance zu geben; unerklärliche Handlungen anderer entweder zu Schrullen abzustempeln oder zu sagen, bei dem sei eine Schraube locker, ist einfacher. Du stehst plötzlich wieder da ohne einen Weg, du bist ständig am Verlieren und wenn alle Stränge reißen, geben sie die Parole „Geistige Verwirrung" aus. Es ist zum Verzweifeln, wie oberflächlich die Menschen miteinander umgehen, aber wozu Rücksichten auf die Würde des anderen nehmen, dort wo es auf nichts mehr ankommt?

Die Gründe für die Lethargie, in der ich mich mehr oder weniger absichtlich bewegte, sind einfach und lagen in der spannungsgeladenen Atmosphäre, die mich in unerträglicher Weise belastete und so meine Zukunft weiter gefährdete. Die einzelnen Probleme, die mir unlösbar erschienen, wie zum Beispiel die [Kader]Akte, die dich begleitet oder dir vorausgeht, wichtiger ist als du selbst. Sie ist deine Hundemarke, dein Preisschild. Dein ganzer Marktwert ist in ihr enthalten und ohne diese Akte bist du nichts, mit ihr bist du manchmal noch weniger. Ich habe verlernt, mich mitzuteilen und jede Form von Kommunikation war mir unmöglich. Ich habe am täglichen Leben teilgenommen, habe gearbeitet, bin ins Theater gegangen, habe mich unterhalten, aber all das habe ich neben den anderen getan, nicht mit ihnen. Ich habe jede Spur von Vertrauen verloren, es gab nur noch die Furcht, eine unbestimmte, aber gerade darum so zermürbende Angst vor dem Ungewissen. Ich hatte Angst, war unfähig sie zu bekämpfen und konnte sie nur verdrängen oder in ihr ertrinken. Eine Angst, die mich nie verlässt, vor allem was mich umgehend, vor jeder Situation, vor jedem Menschen. Ich hatte Angst zu leben.

Ich glaube, ich habe in meinem bisherigen Leben einen bedeutenden Fehler gemacht. Ich habe immer versucht, jede einzelne Lebenslage durchzuprobieren, jede Möglichkeit des Lebens zu versuchen, von der Anpassung bis zur Opposition. Oft waren es Bequemlichkeiten oder die Lebensformen anderer, in die ich mich einpassen sollte, und hier habe ich eine Wichtigkeit vergessen: mich selbst, was ich will, was mir richtig scheint, was ich vertreten kann und rechtfertigen muss.

Jahrelang bin ich nur eine Nummer gewesen, ein Blinddarm, ohne Funktion und völlig deplatziert in dieser Gesellschaft.

Ich habe mich verloren gegeben, ich glaubte abzustürzen und suchte mit allen Mitteln die Stille, um mein Leben nicht mehr rechtfertigen zu müssen. Vielleicht musste ich diese Zeit erleben, um in der Auseinandersetzung mit Hindernissen die Möglichkeit zu finden, charakterlich zu reifen und das Wesentliche zu begreifen. Die persönliche Erfahrung mit meiner Vergangenheit ist heute für mich ein großer innerer Gewinn, lässt bei mir Verständnis und Mitgefühl wachsen und bewahrt mich vor der allgemeinen Oberflächlichkeit.

Wenn ich aus eisiger Kälte ins warme Zimmer komme, so weckt das alle meine Lebensgeister und ich fühle mich unglaublich wohl, ähnlich wirkt sich dieser Kontrast im Leben aus. Wenn ich einen schweren Tag hinter mir habe, bin ich zwar kaputt, aber auch unheimlich zufrieden und mir wird klar, wie schön das Leben sein kann, wie dankbar wir sein sollten für die alltäglichen Dinge, die wir für selbstverständlich halten. Es gab wunderbare Stunden, in denen ich mich so frei unglücklich fühlte, aber selbst in schweren Zeiten, gibt es Augenblicke, wo sich meine Gedanken an die Zukunft ganz deutlich herausheben. Daran halte ich fest, ohne diese Atempausen konnte ich nicht weitermachen. Diese kurzen Momente geben mir neue Kraft in einem nicht einfachen Leben.

Ich bin auf dem Weg, meine Identität zu setzen, mich selbst zu erkennen und mein Bewusstsein, geprägt durch immer neue Erfahrungen, in Leben umzusetzen. Hier ist mir eine Gruppe von Menschen, die mir meine Sprache und mein Vertrauen zurückgeben, ohne zu wissen, wie sehr sie mir damit helfen, denn sie kennen meine Vergangenheit nicht. Ich habe die Kraftquelle gefunden, der ich mein ganzes Vertrauen entgegenbringe, einen Glauben der mir alles zurückgeben vermag, was mir abhanden gekommen ist. Mein Glaube und das Vertrauen zu Gott soll jedoch weder Selbstbetrug, noch die letzte offene Hintertür sein, wie man es bei so vielen Menschen beobachten kann. Es nützt mir wenig, wenn ich von anderen die Geschichte ihrer Erfahrungen höre oder lese, wenn ich selbst nicht glaube oder im Glauben abgleite. Ich meine die Beziehung muss bei mir funktionieren, ich muss meine eigene Erfahrung haben, ich muss die Gegenwart und das Wirken Gottes selbst spüren und erkennen, das bestärkt meinen Glauben und hat mich überhaupt erst zum Glauben gebracht.

Mein Leben hat sich in seiner ganzen Struktur verändert, ich sehe Vieles aus einem ganz anderen Blickwinkel und fühle mich fähiger, Konflikte und Auseinandersetzungen zu verarbeiten, zu bewältigen und überhaupt besser aufzunehmen. Es macht mich nicht mehr kaputt, wenn mein Verhalten permanent auf übler Weise infrage gestellt wird. Ich werde immer versuchen mich zu erklären, ohne dabei jemanden meine Moral aufzudrängen. Ich habe wirklich gute Freunde finden können, aber es gibt auch Menschen, die mir wertlos geworden sind, wegen ihrer Oberflächlichkeit und Verlogenheit. Für die Leute die ich gehasst habe, empfinde ich heute Mitleid und suche immer noch die Möglichkeit, mit ihnen klarzukommen. Unglaublich wie schwach und verletzlich ich früher war. Ich glaube, daß ich durch die Veränderung meiner Lebensweise in bestimmtem Maße meinen Frust, in Bezug auf die soziale und politische Unmündigkeit in diesem Land, abbauen kann. Ich versuche zumindest damit zurechtzukommen und etwas zu tun.

Nach langen Auseinandersetzungen ist mein Vorschlag, in einer anderen Schicht weiterarbeiten zu können, akzeptiert worden. Hier bin ich von meinem neuen Meister als „bester Mann" eingestuft worden. Ich komme mit den neuen Kollegen sehr gut aus und stellen Sie sich vor, ich verschlafe nicht mehr.

Ab und zu gehe ich mit meinen Freunden auch aus der ehemaligen Schicht, Kaffee trinken und bekomme zu hören, daß ich Ihnen fehle. Ein herrliches Gefühl. Ich hatte also doch eine Bedeutung für manche Leute.

Außerdem habe ich voriges Jahr meine kleine „Hütte" renoviert, zeichne wieder, lese, schreibe und gehe in die Teestube. Dies alles ist für mich der neue Anfang.

Lieber Wolfgang Herdzin, ich möchte mich bei Ihnen mit großer Herzlichkeit bedanken. Sie haben mir so sehr geholfen, daß sie es möglicherweise gar nicht erfassen können. Sie waren die Basis für meinen weiteren Lebensweg, die Grundlage für all das was nach ihrem Kontakt zu mir kommen wird. Und geben Sie es zu, Sie haben mich schon lange aufgegeben, aber genau aus diesem Grund schreibe ich Ihnen diesen Brief.

Sie haben mit mir das versucht, was kein Mensch in Angriff genommen hätte, weil bei jedem die Überzeugung gegeben war, das jedes Eingehen auf mich sinnlos und unnütze Zeitverschwendung wäre, ich war selbst einmal davon überzeugt.

Seien Sie herzlich gegrüßt

die Imke

29. März 1985

„Denken sie an die vielen Menschen, die mit Ihnen marschieren. Sie kennen sie nicht, und ich kenne sie nicht, Aber ich weiß, daß sie da sind… Aber man muss manchmal das ganze große Panorama sehen, damit man sich nicht verliert in dem kleinen Abschnitt, an dem man zufällig selber steht."

Aus: Stefan Heym, „Der Fall Glasenapp"

Liebe Imke!

Da liegt nun Ihr Brief vor mir und ich muss Ihnen sagen, er hat mich sehr berührt. Ich glaub sogar, mir fehlen noch immer die Worte, um „angemessen" zu antworten. Nichtsdestotrotz, ich will versuchen, meinen Gedanken und Gefühlen einen Ausdruck zu geben!

Da wirft ein Mensch das alte Raupendasein ab und wird ein Schmetterling. Verzeihen Sie, wenn ich mit diesem Bild komme, aber es macht mir auch ein wenig deutlich, was mit Ihnen geschah, was ihnen jetzt Flügel gibt. Sie sind Imke geblieben, wollen es auch sein (gerade ihre Vergangenheit ist Ihnen jetzt existenzielles Kapital, Sie wissen das!). Und doch sind sie anders, ein Mensch, der wuchs und neugeboren ist. Ist es ein Wunder, was sagte geschah?

Es ist kein Wunder, wenn ich mich erinnere und versuche, mit sachlichen Schlüssen zu verstehen. Ich habe gesehen, geahnt, wie unglücklich Sie waren, glaube, diese Sie beherrschende innerer Traurigkeit, das Übermaß an Angst, die Apathie und Weglosigkeit mit empfunden zu haben. Wirklich, diese todesverliebten Mächte haben Ihre besten Kräfte gefesselt und geraubt, haben Ihnen oft die Freude am Leben vergällt, menschliche Beziehungen durchkreuzt, ja haben Sie zum Selbsthass getrieben. Ein scheinbar undurchdringlicher

Teufelskreis von widrigen Umständen stand dahinter: die zur Strafe gewordene Arbeit, der überforderte familiärer Bereich, die bisweilen ungeheuerliche Zerstörungsmacht der so genannten „normalen" Gesellschaft, die persönlichen nicht einfachen Reifungsprozesse. Woher soll ein junger Mensch bloß die Kraft nehmen, um da rauszukommen?

Ich wurde mir damals durchaus bewusst, wie ungenügend auf Dauer bloße Gespräche sein können. Ich versuchte mit Ihnen auch an die Umstände heranzukommen. Die schlimme Arbeitssituation mit den Schichten, das stereotype Tun, den bürokratischen Unverstand irgendwie zu ändern, Erleichterungen zu schaffen, ebenso berufliche Ausblicke. Wie im wahrsten Sinne des Wortes „tödlich" empfand ich die Maßnahmen zur arbeitsmäßigen Disziplinierung. Als ob durch Strafen – noch dazu in solcher Situation – etwas Positives zu bewirken wäre. Ich bin immer wieder betroffen, daß in unserem Land in schwierigen Situationen den Mitteln der Strafe, sprich Drohung und Angsterzeugung, so viel Raum gegeben wird. Was den Vorstoß in familiäre Bereiche betrifft, so merkte ich, daß ich auf durchaus mitfühlendes Betroffensein traf, eine wirkliche zugkräftige Zusammenarbeit kam aber nicht zustande. Das mag an äußeren Faktoren, wie den starken räumlich und zeitlich Kraftaufwand gescheitert sein, doch auch an der „ungünstigen" Phase Ihres altersspezifisch starken Loslösebestrebens aus familiärer Bindung. Ich sah also über die Familie keine große „Erfolgschance". Auch andere Versuche, wie das angestrebte Gespräch mit Ihrer Freundin, ließen ein Ungenügen zurück. Ich wusste nur, ich musste versuchen, Sie da zu „packen", wo ihre tiefsten und schönsten seelischen Energien liegen. Eigentlich von Anfang an – seit dem Lesen ihres Tagebuchs – ahnte ich, da gibt es Welten zu erschließen, die wundervolle Schätze in sich bergen. Welten, die nur verkannt und verschlossen lagen...

Und eine Erkenntnis kristallisierte sich bei mir heraus. Die Erkenntnis über Ihre Liebe zum Wort, eine Gabe, vielleicht eine Kunst?, die es Ihnen möglich macht, eigene und fremde Worte nach ihrem Gehalt an Wahrheit und Erfahrung zu wägen, Keime der Hoffnung zu säen. Ich setzte also auf das Wort, nahm Verstand und Gefühl zusammen und schrieb Ihnen die Briefe.

Worte, wird da einer sagen, was sind das schon für flüchtige Wesen, zwielichtige Gesellen, Inflationäre einer an Bodenlosigkeit ertrinkenden Welt. Worte, noch dazu für jemanden der am Abgrund des Todes steht?! Ich nehme diese Bedenken an, weiß um die zerschundenen, beschädigten und entleerten Worte unserer Zeit, die Sprachleichen in der man keine Seele mehr finden kann. Und doch, ich setzte bei Ihnen auf diese Macht des Wortes. Ich hatte das intuitive Zutrauen, sie würden zu Ihnen dringen, sich einnisten in den Gründen Ihrer Seele und würden – ohne daß ich selbst noch etwas tun kann – tief innen, mit Ihnen weitersprechen. Die Hoffnung also, Anker in des Lebens unruhigen Zeiten zu sein, blähendes Segel in Zeiten der Flaute, manchmal einfach auch Seerose auf der Seele Teich.

Wenn ich jetzt Ihre Zeilen lese, so möchte ich meinen, daß ich mich nicht getäuscht habe. Mir wurde klar, wenn es Ihnen gelingt, bestimmt manchmal mit übermenschlicher Kraft, das, was in Ihnen schlummert, frei zu bekommen, dann haben Sie nicht nur das Tal des Todes überwunden und werden auf einen normalen biederen Weg einschwenken. Ich meinte zu wissen, wenn Sie es schaffen, da rauszukommen, können und werden Sie, als Glück kostender Mensch, den wichtigen Fragen des Lebens weiter nachspüren. Und Glück wäre da keinesfalls von Leid zu trennen, wie es einer auf Allmacht und Schmerzfreiheit getrennte Zeit uns suggeriert.

Ich will jetzt noch einmal auf zwei Punkte eingehen, die ihnen wohl eine große Hilfe waren und sind. Sie schreiben einmal von ihrem neu gefundenen Glauben, Sie schreiben von Vertrauen zu Gott. Ich will ganz ehrlich sein, ich stutzte erst mal, bemühte mich aber gleich, genau zu lesen. Und mir scheint, daß sie genügend kritisch sind, um, wie Sie schreiben, der Möglichkeit des Selbstbetrugs aus dem Wege zu gehen. Wissen Sie, es gab und gibt bis heute nämlich die Möglichkeit der Religion als Opium. Verstehen Sie, daß hat zu tun mit einem bis heute nicht verschwundenen Bild eines strafenden, beherrschenden „Gottes", der Menschen mit Leid schlägt und alles Spontane und Heitere ihnen madig macht. Es begegnet uns im Auflösen der Persönlichkeit eines Menschen durch totale seelische Abhängigkeit und Hörigkeit wie es in religiösen Sekten geschieht, es bricht als politischer Fanatismus im Namen Gottes Kriege vom Zaun (Iran). Wie beschmutzt ist dieser Name Gott, so daß man meint, vielleicht aus einer Scham, ihn nur sehr sparsam oder gar nicht zu gebrauchen. – Aber recht verstanden ist er nicht tot zu kriegen. Dieses Wort (das nach christlicher Lehre Fleisch, also Materie, Welt, Mensch geworden ist) trägt uns in unserer Ur-Sehnsucht nach Befreiung, nach Ganz-Sein, Heil werden, ist tief in uns und unsere Geschichte eingegraben. Die großen Befreiungsbewegungen in Lateinamerika, das Eintreten für die Armen und Unterdrückten, die Friedens- und Ökobewegung unserer Orts, das Stiften von Sinn inmitten unabänderlichen Leids, ja selbst die verdrängte Frage nach einem Leben nach dem Tod, das sind für mich alles Bereiche in denen Religion ungeheuer schöpferisch, befreiend, auch tröstend wirken kann. Die Frage nach Religion, nach Gott, ist also im letzten immer gekoppelt mit der Frage nach den Menschen. Nach seiner Freiheit und Würde, nach seiner Freude und Lebendigkeit. Ich denke Sie in diesem Sinne zu verstehen, wenn sie von Gott als Kraftquelle schreiben.

Der zweite Punkt, den ich anreißen will, betrifft Ihre Zeilen über menschliche Beziehungen und Freundschaft. Ich freue mich, daß Sie Anschluss an Menschen gefunden haben, die Ihre Sprache sprechen und Vertrauen schaffen. Wir alle sind wohl wesenhaft auf solche gemeinschaftlichen Erfahrungen angewiesen. Allein zu stehen, gewollt oder ungewollt, das kann einen rasch bitter und zerbrechlich machen. Eine Gruppe von Menschen, ich erlebe es selbst in der Friedensarbeit, kann einem aber durch tragender Ansporn sein, wenn einen die existenzielle Müdigkeit beschleicht, kann Schutz bieten vor den tausend Forderungen und Überforderungen, die der Alltag einem beschert, kann für die nötige seelischer Elastizität und Leichtigkeit sorgen, wenn uns auftauchende Schwierigkeiten fixieren und blockieren. Es ist unendlich traurig, rundum zu erleben, wie auch unsere kollektiv ausgerichtete Gesellschaft in vereinzelnde, privatistische Lebensmuster zerfällt; wie sie sich spaltet in kaum miteinander mehr kommunizierende soziale Partikel. Die Kleinfamilie in der Isolation der eigenen vier Wände, auf die der ganze Druck des Tages des Tages abends niederdonnert, ist hierfür ein schreiendes Beispiel. Sie ist in ihrem Bestand zunehmend gefährdet. Sie macht krank.

Deshalb also ist diese Suche nach gemeinschaftlichen Lebensformen so wichtig. Sie ermöglicht einem den Ausstieg aus der kleinen, selbst- süchtigen Eigenexistenz und kann hinführen zu den Vollzügen des Teilens und Seins. Man merkt dann, dass man nicht alles haben muss und daß es außerhalb des eigenen Horizonts auch noch andere Welten und Menschen gibt, zum Beispiel solche, die nicht einmal das tägliche Brot haben. Wenn Sie – und mir scheint dies so – in dieser oder ähnlicher Richtung freundschaftliche und solidarische Erfahrungen weiter knüpfen, das mitunter harte Brot der Brüderlichkeit und Schwesterlichkeit teilen, dann werden Sie weiter wunderbare Seiten des Lebens erfahren.

Ist es denn also ein Wunder, was mit Ihnen geschah? Natürlich ist es ein Wunder! Und ich reihe diese beglückende Erfahrung ein in das Suchen und Streben all der Menschen, die bekannt oder unbekannt mit Ihnen, verbunden sind in dem täglichen Versuch, über sich selbst hinaus zu wachsen. Die eigene Angst, der Schmerz, der Widerspruch, die Unzulänglichkeit gehören alle mal dazu…

Wolfgang Herdzin

18. Juni 1985

Lieber Wolfgang Herdzin!

Verzeihen Sie mir, daß ich so lange nicht geschrieben habe. Ich habe kaum Zeit etwas anderes zu tun als zu arbeiten oder mich darauf vorzubereiten. Außer ein paar Kleinigkeiten gibt es bei mir nichts Neues, das Wunderbare geht ins Alltägliche über. Ich meine damit die Fähigkeit, morgens um halb drei aufzuwachen, um meinen Job tun zu können und daß sie sich langsam von selbst voraussetzt.

Es ist schon eine große Belastung, daß ich momentan nur lebe, um arbeiten zu gehen. Der Druck ist manchmal unerträglich. Aber ich werde wohl nie meine Vergangenheit vergessen, meine Erfahrungen, die ich als damalige Null gemacht habe. Vielleicht hätte ich ohne diese jahrelangen Erniedrigungen heute schon wieder aufgegeben, aber auch die fiktive Vorstellung an meine Zukunft hilft mir immer noch ein Stück weiter. Ich denke immer daran, daß ich es noch ein halbes Jahr durchstehen muss, das gibt mir neue Kraft und ohne diesen Gedanken wäre dies alles für mich sinnlos.

Ich konzentriere mich also tatsächlich nur auf meine Arbeit, für mich selbst bleibt nichts, doch ich hoffe daß ich mich bald von diesem stupiden Arbeitsstress frei machen kann. Kurz, die Arbeit frisst mich auf, doch ich hab ein Ziel.

Eigentlich könnte ich froh sein, daß ich mich so positiv entwickle, aber irgendetwas fehlt und wenn ich ehrlich bin, so fühle ich mich nach der ersten Freude doch recht unwohl. Nachdem also das erste Problem, nämlich die Pünktlichkeit, gelöst ist, treten die anderen „Kleinigkeiten" umso stärker in Erscheinung. Ich habe jetzt gelernt den Mund zu halten, ob es nun um andere oder um mich geht, und das macht mir ziemlich zu schaffen, weil dieses Verhalten so gar nicht in meiner Natur liegt. Aber was noch schlimmer ist, das sind die Fragen. die mein Meister an mich stellt und die darauf hinauslaufen sollen, andere Kollegen anzuschwärzen. Nicht die über uns stehenden Schichtleiter spalten die Kollegen, die Arbeiter selbst führen dieser Trennung weiter und sind davon überzeugt, kompetent genug zu sein, Andere als gute oder schlechte Leute abzutun. Ich bin also nicht die einzige, die eine solche Position beim Meister hat und für mich ist das gewiß keine Errungenschaft.

Ich habe Angst ein Denunziant zu werden, nur um meine eigene Haut zu retten. Manchmal wird einem die eigene Entwicklung gar nicht so recht bewusst und man wird wahrscheinlich für jeden Missbrauch eine Entschuldigung finden.

Ich bin in keiner guten Situation und wünsche mir nichts sehnlicher als diesen Betrieb endlich zu verlassen. Ich habe nun wieder eine Zwischenbeurteilung beantragt und bekam stattdessen nur eine ab- fertigende Antwort. Vielleicht können Sie mir sagen, in welchen Zeitabständen ich das Recht habe, eine solche Beurteilung anzufordern. Mir war in Erinnerung, daß ich das jedes Jahr tun könnte, mein dicker Chef sagt aber nur alle fünf Jahre hatte ich diese Möglichkeit.

Ich wünsche mir, daß Sie in ihrem nächsten Brief vielleicht etwas mehr über Ihre jetzige Arbeit schreiben, weil mich das wirklich interessiert. Außerdem wollte ich noch fragen, ob es bei uns bewohnte Klöster gibt und wo.

Ich möchte mich noch einmal für ihre Briefe bedanken und hoffe sehr, daß wir uns weiter schreiben werden. Ich bin immer sehr froh, wenn ich einen Brief von Ihnen bekomme, Sie haben eine seltsame Wirkung, Sie sind wie ein Gespräch, wie ein Ruhepol und geben mir das bestimmte Gefühl, verstanden zu werden. Es gibt wenig Leute, denen ich mich schwach zeigen kann, die mich begreifen, die überhaupt das Bedürfnis haben, näher auf andere einzugehen. Ich frage mich oft, was unterscheidet mich von anderen Menschen. Die Mehrheit lebt so anders, so wenig intensiv, daß sie das wenigste um sich herum bemerken, daß sie die einfachsten Fragen, was ihr eigenes Leben betrifft, nicht beantworten können. Die einzige Freundin, Z. mit der ich mich wirklich gut unterhalten konnte, ist weggezogen. Ich glaube, ich leide unter Entzugserscheinungen und deshalb sind und waren mir Ihre Briefe immer sehr wichtig.

Herzliche Grüße

Die Imke

Übrigens ich werde in zwei Wochen zur Tante gemacht. Sie kennen ja meinen Bruder ein wenig. Er hat sich jetzt einen langen Wunsch erfüllt, er wollte schon immer Papa werden.

27. Juni 1985

Liebe Imke

Wenn man manche Briefe liest, dann verschwindet gänzlich die äußere Welt, Ohren und Augen konzentrieren sich nur auf den Schritt und Klang der Worte. Man versucht, diesen Worten Mitteilung, Atemzug und Botschaften abzulauschen, ist hineingezogen in die Suche des Schreibenden, in das leise Durchschreiten der Tiefenräume seiner Seele. Es umfängt einen eine hohe Stille und eine (un)bestimmte Art von Zeitlosigkeit. Was ist das, was einen da tief innen im Atem hält? – Ich glaube es ist letztlich das Gefühl von menschlicher Nähe und ich will Ihnen sagen, Ihre Worte bewegen sich hierin.

Aber zu schreiben (wie zu malen, zu betrachten oder einfach aufmerksam spazieren zu gehen), fordert das nicht viel Zeit und Muße, Kraft natürlich, und ich frage mich, wo nimmt ein Mensch dieses „Reich der Freiheit" her, wenn ein Großteil seiner selbst in ungeliebter Arbeit aufgeht? Ich weiß nicht, Imke, wie viel ich von ihrer derzeitigen Situation vorstehe, speziell mal die der Arbeit, aber die Last der derzeitigen Situation, die andere Aktivitäten ziemlich breit walzt, die spüren ich schon heraus. Vielleicht finden Sie es eigenartig, aber daß sie trotz dieser schwierigen Situation nicht einfach weglaufen oder alles hinwerfen, das finde ich entscheidend. Sie bauen Ihr Leben damit weiter vom Fundament her. Und das wird Ihnen auch ein Gefühl lassen, nicht vorschnell den Ausstieg geprobt zu haben (wie leicht ist dies oft, aber wohin…?) oder vor Problemen nur geflüchtet zu sein. Das Sie sich dabei weiter Gedanken einer Veränderung machen und dies, wie mir scheint, gezielt, finde ich natürlich und klug. Ich wünsche Ihnen so sehr, dass Sie mehr Spielräume an Leben und Arbeit in Zukunft haben und in diesem Zusammenhang möchte ich Sie bitten, mir einmal zu schreiben, an welche Arbeit Sie in Zukunft denken. Und, wie verhält sich das eigentlich mit dem noch „abzuleistenden" halben Jahr?

Nun steht dennoch das hier jetzt Ihrer Situation. Wie mit ihr leben, wie in ihr glücklich sein? Sie schrieben mir in einem vorher gehenden Brief einmal von dem Kontrast, aus eisiger Winterkälte in ein warmes Zimmer zu kommen; nach einem harten, mühevollen Tag, plötzlich Zufriedenheit zu finden. Und es scheint mir, als hätten Sie mit dieser Erfahrung auch einen Schlüssel für ihr Leben gefunden. Nämlich, den Versuch, das Leben als Widerspruch zu akzeptieren und zu leben. Verstehen Sie, ich will Ihnen nicht das Wort reden, alles hinzunehmen was sie quält, Sie nicht zum Stillhalten bringen. Aber ich selbst fange an, in meinem Leben etwas von der überwindenden Kraft der großen Geduld zu verstehen, die die unausweichlichen Widersprüche unseres Lebens halten und nur so auch angehen kann. Mit dieser Geduld gewinnt unsere Seele sozusagen breitere Flügel, kann gelassener und spannkräftiger die Wirren des Lebens durchschreiten. Werden Sie, die Sie ja doch noch jünger sind, etwas von dieser „ältlich" anmutenden Tugend verstehen?

Nun noch mal zur Frage der Beurteilung. Da geb' ich Ihnen erstmal den wörtlichen Text des Arbeitsgesetzbuches (können Sie in großen Buchläden auch kaufen)

Paragraph 67

Absatz (1) Der Betrieb ist verpflichtet, eine Beurteilung anzufertigen, wenn

a) das Arbeitsverhältnis oder Lehrverhältnis beendet wird oder sich der Werktätige zum Ende zum Studium bewirbt

b) der Werktätige die Beendigung des Arbeitsverhältnisses beabsichtigt, eine andere Arbeitsaufgabe beziehungsweise eine Tätigkeit in einem anderen Arbeitskollektiv übernimmt

c) der Werktätige in anderen Fällen ein berechtigtes Interesse nachweist und die Anfertigung verlangt

Die Beurteilung ist dem Werktätigen unverzüglich auszuhändigen, spätestens zwei Wochen nach Mitteilung das Werktätigen, daß eine Beurteilung benötigt wird.

Absatz (2) Leistungseinschätzungen müssen den Werktätigen zur Kenntnis gegeben werden. Sie sind dem Werktätigen auf Verlangen auszuhändigen. Im Übrigen gelten die nachfolgenden Bestimmungen über die Beurteilung sinngemäß

Diese beiden Absätze machen erst mal einen Unterschied zwischen Beurteilung und Leistungseinschätzung deutlich. Was den Anspruch einer Beurteilung angeht, dürfte für Sie, neben den Punkten a) und b) vor allem auch c) interessant sein, was in Punkt c) unter „berechtigtem Interesse" zu verstehen ist. Berechtigtes Interesse bezieht sich zum Beispiel auf den Zusammenhang mit Qualifizierungsmaßnahmen oder wenn Leistungen des Werktätigen mehrere Jahre nicht schriftlich eingeschätzt wurden. Vermutlich bezieht sich das „Nein" Ihres Chefs eben auf die Form der verlangten Beurteilung und seine Argumente stützen sich auf die dehnbare Praxis, „alle Jahre" eine Beurteilung auszustellen. Worauf Sie sich aber eigentlich stützen können, ist das Verlangen einer Leistungseinschätzung (sie wurde bisher als Zwischenbeurteilung bezeichnet und darauf geht ihr Chef ja gar nicht ein). In einem Kommentar lese ich: „Die Leistungseinschätzungen sollen dem Werktätigen über seine Entwicklung in der Arbeit und im Kollektiv informieren, ihn auf positive Seiten, aber auch auf Fehler und Schwächen aufmerksam machen, ihm Hinweise für seine Weiterentwicklung, mögliche Qualifizierung und so weitergeben. Diese Einschätzungen, mit denen die Leistungen des Werktätigen für einen bestimmten Zeitraum beurteilt werden, sind dem Werktätigen zur Kenntnis zu geben und auf sein Verlangen auszuhändigen."

An Ihrer Stelle würde ich also erst nochmal um eine Leistungseinschätzung bitten. Falls die Ihnen nicht gewährt wird, haben Sie das Recht, bei der Konfliktkommission beziehungsweise Kammer für Arbeitsrecht des Kreisgerichts Einspruch zu erheben. Wenn es keinen anderen Weg als den letzteren geben sollte, würde ich mich aber vorher nochmal bei der kostenlosen Rechtsberatung sachkundig machen. Übrigens, Sie haben auch das Recht, gegen eine Beurteilung oder Leistung Einschätzung Einspruch einzulegen.

Liebe Imke, zwei direkte Fragen, die Sie in Ihrem Briefstellen sind noch offen.

Da ist einmal die Frage nach meiner jetzigen Arbeit. Nun, seit gut einem Jahr arbeite ich in Berlin bei der Caritas, dem Sozialverband der Katholischen Kirche. Seit längerem stand die Idee, eine Stelle zu schaffen für Menschen in akuter seelischer Not. Wir spürten, dass die herkömmlichen Angebote der Hilfe, nur unzureichend auf diese Art von Not reagieren, zumal in einer Großstadt. Die Krankenhäuser, die psychiatrischen Beratungsstellen etc. sind doch relativ *hoch* eingebundene Angebote der Hilfe, die oftmals wenig flexibel und unbürokratisch solche Art Hilfe geben können. Die meisten Fürsorgeeinrichtungen haben oft nur eine spezielle oder an Zeit und Form streng begrenzte Möglichkeit der Hilfe. Uns schwebt daher die Idee vor, ein Angebot der Hilfe zu schaffen, das fähig ist, spontan und unkonventionell, *also ohne hohe institutionelle Hürden*, auf Menschen einzugehen.

Es entstand unser Projekt „Delphin", d.h. korrekt ausgedrückt, die *„Anlaufstelle für Menschen in Krisensituationen"*. „Delphin" – dieses von uns gewählte, beziehungsweise ererbte Symbol, es soll auch nach außen die Geste einer freundlichen Einladung sein, der Versuch, Menschen für eine gewisse Zeit über Wasser zu halten, damit sie selbst wieder festen Boden finden. Unsere Möglichkeiten sind – wie sollte es am Anfang anders sein – noch begrenzt. Wir, das sind zwei Männer und eine Frau, die jetzt erst mal ein Baby bekommt – eine andere Person wird einspringen. Wir sind erst einmal von 8:00 bis 20:00 Uhr durchgehend ansprechbar. (Telefon. 8-17: 3654116 und 17 bis 20:00 Uhr: 365 2941), nutzen das Telefon, Menschen kommen zu uns oder wir fahren hin, wo Hilfe dringend geboten ist. Wir haben zurzeit die noch bescheidene Möglichkeit, einen Menschen auch kurzfristig aufzunehmen (das Haus eignet sich eigentlich nicht gut dazu, am Rande von Berlin). Wir sind dabei, von diesem Provisorium weg zu kommen und sozusagen als zweites Standbein ein geeignetes Haus zu finden, wo Menschen kurzfristig, eventuell auch längere Zeit bleiben können. Viele Überlegungen sind daran geknüpft und wir reden uns manchen Tag die Köpfe heiß. Aber anders ist wohl Wachstum nicht möglich, Widerstände reiben auch das Beste auf. Im Moment freuen wir uns, dass es endlich mit dem Druck einer eigenen Visitenkarte klappt. Ich hoffe, Ihnen bald eine druckfrische Visitenkarte zukommen lassen zu können.

Zum Schluss will ich auf Ihre Frage nach den bei uns bewohnten Klöstern noch antworten. Ich muss gestehen, es macht mich neugierig, wie Sie zu diesen Fragen kommen, was sie bewegt. Wenn ich versuche, hierauf zu antworten muss ich zugeben, daß ich nicht umhinkomme, mit meiner ganz eigenen, subjektiven Erfahrung zu antworten. Andere würden es gewiss anders sehen.

Ja, es gibt diese Tradition der Klöster auch bei uns noch, es gibt Frauen- und Männerklöster. Zum Beispiel das Benediktinerinnenkloster in Alexanderdorf bei Jüterbog, das in Marienthal bei Bautzen mit den Zisterzienserinnen (beide Orden sind an Orte gebunden und die Regel ist ziemlich streng). Es gibt in verschiedenen größeren Städten die Franziskaner und Franziskanerinnen und auch noch andere, kleine Niederlassungen.

Was wollten und wollen diese Orden? Sie wollen in ihrem Ursprung eine bestimmte Antwort auf Fragen und Nöte der Zeit geben und dies mit großer radikaler Konsequenz. Der Orden der Franziskaner entstand zum Beispiel da, als eine sehr reiche mittelalterliche Kirche herrschte, die die Armut nicht wahrnahm. Oft waren diese Klöster wirklich Zentren geistigen und religiösen Suchens und Schaffens, Kristallisationspunkte von bewegenden Menschheitsfragen. Aber wie überall stehen auch diese Aufbrüche unter dem Gesetz der Zeit und Struktur. Vielfach sind sie unfähig geworden, die Fragen der Zeit wirklich zu verstehen und schleppen viel unwichtig gewordenen, geschichtlichen Ballast mit. Die Krise, in der sich viele der alten Klöster – eingestanden oder nicht – befinden, wird die Entscheidung bringen zwischen dem Finden eines wirklichen neuen Auftrags oder der Degeneration zur geschichtlichen Bedeutungslosigkeit. Es ist schwierig, über diese neuen Versuche bei uns zu sprechen, ich hoffe, sie sind nicht nur Modernismen, die die Auseinandersetzung im Kern aussparen...

Aber ich will von einem Versuch schreiben, der mir persönlich sehr nah und Richtung weisend erscheint. Es handelt sich um die Kommune Ernesto Cardenals mit armen Bauern und Fischern auf Solentiname, einer Insel im großen See von Nicaragua. Der Dichter und Priester Ernesto Cardenal lebt mit Männern und Frauen einen beispielgebenden Versuch gemeinschaftlichen Lebens. Durch einfache, nicht entfremdete Arbeit, durch Gespräche, Gottesdienst und Feiern, durch Malen, Musik und handwerkliche Kunst entstand ein einzigartiges Muster eines neuen sinn-erfüllten Lebens dieser Menschen. Diese kleine Gemeinschaft besaß auch eine immanent politische Dimension. Sie blieb von den Kämpfen um ein freies Nicaragua nicht unberührt. Einiger der Mitglieder starben sogar an vorderster Front der Kräfte der Befreiung. Aus diesem Grund wurde diese Kommune auch 1978 auf Befehl Somozas zerstört. Doch sie stand wieder auf in dem Versuch, einem ganzen Land diese „Kultur der Gemeinschaftlichkeit" zu geben. Ich bewundere diesen Versuch und stelle mich diesem Land mit großer Sympathie und mir irgendwie nur möglicher Solidarität zur Seite. Die Idee, die im Kleinen zur Bildung von Klöstern führte, wurde sie nicht hier weitergeführt? Auf ganz welthafte und menschliche, befreit religiöse und politischer Weise? ... Wirklich.

Ich sehe schon mal wieder, Zeit, Papier und guter Wille reichen nicht aus, um all das zu sagen, was ich gern sagen möchte. In der Hoffnung, daß sie aus diesen Splittern Teile eines Ganzen für sich gewinnen können...

grüße ich Sie sehr herzlich
Ihr Wolfgang Herdzin

Anbei noch ein Gedicht von Dorothee Sölle, eines das ich sehr mag

Nachts um vier

komm doch zu mir engel der schlafenden
ich trete die alte mühle der sorgen
meine hände sind ruhelos
die glieder verknotet und ungelöst
meine gedanken klappern das unglück ab

komm doch zu mir engel der schlafenden
in dieser stunde liegen die gefolterten wach
kühl ihre Wunden streckt die verengten glieder
lieber stummer engel der schlafenden

meine gedanken sind in den befreiten gebieten
el salvadors die die jetzt mit napalm behandeln
meine Ängste kreisen um mein krankes Kind
engel der schlafenden ich ruf dich seit stunden
leg deine dunkle decke über meine verwachten augen
komm doch zu mir

und grüß den anderen engel
deinen dunkleren bruder

23.7. 1985

Lieber Wolfgang!

Ich möchte noch einmal auf meine jetzige Arbeitssituationen eingehen.

Ich gehe davon aus, daß ein strenger Verweis nach zwölf Monaten für nichtig erklärt wird. Der letzte Verweis ist mir am 27. Juli 1984 ausgesprochen worden, bis dahin muss ich also mindestens in diesem Betrieb bleiben. D.h. für mich, Ende Juli 85, kann ich mich auf die Suche nach einer anderen Arbeit machen. Da der Betrieb seiner Leute nicht gerne gehen lässt, wird alles versucht, um die Arbeitskräfte zu halten, das habe ich auch an meiner letzten Beurteilung sehen können. Ich will Ihnen mal eine kleine Kostprobe mitschicken.

– Es ist bekannt, das Kollegin Imke T. sich wegen eingeschränkter psychischer Belastbarkeit seit längerem um eine andere Arbeitsstelle bemüht, die ihren Ansprüchen besser entspricht als ihre jetziger Tätigkeit.

Dies wird meinerseits auch befürwortet. Es sollte in Ihrem eigenen Interesse liegen, sich gemeinsam mit ihrem ärztlichen Betreuer, (damit sind Sie gemeint) mit dem betrieblicher Kontakt besteht, um eine Lösung zu bemühen –

Das waren die letzten Absätze und ich glaube, darin wird deutlich, was von mir zu halten sein soll. Hier tut mein Betrieb so, als wären sie glücklich, wenn sie mich endlich loswerden könnten. Dabei bezwecken die damit ganz bewusst das Gegenteil. Außerdem wird unauffällig mitgegeben, daß ich seelisch nicht leicht zu verstehen bin und vorsichtshalber unter ärztliche Beobachtung gestellt bin wegen der Unberechenbarkeit, die von mir ausgeht. Mein ehemaliger Meister hat damals sogar M. (eine wirklich gute Freundin) vor mir gewarnt, ich wäre ein schlechter Einfluss. Es ist gut, daß mal jemand da ist, der uns sagt, was wir zu tun haben und was gut für uns ist, schließlich sind wir erst 23 Jahre alt.

Nun wenn ein Kaderleiter eine solche Beurteilung lesen würde, dann würde er das wohl ähnlich verstehen, wie ich das eben interpretiert habe. Ich habe damals keinen Einspruch erhoben, weil dieser Schrieb praktisch keine Bedeutung hätte, ich wollte nur wissen was ich zu erwarten habe. Ich musste wirklich lachen als ich das gelesen habe, wie gut man mich doch in den fünf Arbeitsjahren kennen gelernt hat.

Ich kann aus alldem schließen, daß meine Akte also absolut sauber sein muss, bevor ich mich auf die Suche mache. Im August werde ich mich also erst einmal umsehen und bis ich dann tatsächlich etwas finde, kann auch noch einige Zeit vergehen. Das ist das astreine Jahr, daß ich hinter mich bringen musste und an das ich mich auch halten kann. Sollte ich nun gleich etwas finden, würde ich schon gerne sofort aufhören. Nun sagen aber viele, ich soll doch das Jahr noch zu Ende bringen wegen der Jahresendprämiere (etwa 1000 Mark), das leuchtet mir ein, wenn ich daran denke, daß ich wenig verdienen werde bei dem Job, den ich anstrebe. Ich bin allerdings nicht sicher, ob ich länger dableiben kann als unbedingt nötig. Das hängt zum größten Teil von der Arbeit ab, die ich dann auch tatsächlich bekomme. Was die Arbeit selbst betrifft, so denke ich immer noch an Kindergarten oder ähnliches. Sollte zurzeit auf diesem Gebiet kein Angebot bestehen, so würde ich schon bis dahin etwas anderes versuchen. Von großer Bedeutung ist für mich hierbei, daß ich nicht wieder in einem geschlossenen Betrieb arbeite, immer neue Gesichter sehe und Kontakt zu Menschen habe. Ich suche eine Tätigkeit bei der ich ein Stück von mir einbringen kann, wo ich sehe, wie sich etwas verändert und entwickelt. Ich brauche täglich die Reaktion von Menschen, wenn ich mit ihnen zu tun habe, ich muss sehen das was passiert. Ich möchte nicht andauernd auf die Uhr sehen müssen, ich will beweglich sein, Luft bekommen und die Sonne sehen. Das sind alles Dinge die ich bisher vermisst habe. Die Leute in unserem Laden sind einfach nicht ansprechbar, es gibt keine anderen Themen wie Klamotten, Essen und anderen Klatsch. Man kann sie mit Maschinen vergleichen, ihre Bewegungen sind mechanisch, der Geist fast tot und Gefühle gibt es nicht. Es ist stumpfsinnig, dunkel, staubig und wahnsinnig laut. Es ist ein kaum zu beschreibendes Klima und erinnert mich oft an ein Altersheim.

Wichtig ist mir noch die Zeit, die ich gewinne, ich bin täglich 3 Stunden unterwegs, das sind 15 Stunden in der Woche. Diese Zeit habe ich dann für mich und die brauche ich auch.

Ich schrieb Ihnen ja schon, daß ich glücklich darüber bin, eine so positive Entwicklung gemacht zu haben, die mir im Vergleich zu dem was davor war wirklich viel bedeutet. Aber ich kann unmöglich lange auf der Stelle treten, das liegt in meiner Natur und wenn ich mich selbst beschreiben sollte, so kann ich sagen, daß ich ein unvernünftiger und sehr ungeduldiger Mensch bin, ich neige eher zum Spontanen. Ich bin oft mit Widersprüchen konfrontiert worden und in ruhigeren Zeiten ist mir völlig bewusst, daß es dazu gehört, das Leben selbst Widerspruch ist. Aber wenn die tägliche Belastung zu einer Überdosis wird, wenn ich mich in einer Situation befinde, wo alles zusammenkommt und sich anstaut und ich weiß, daß ich mich noch lange nicht davon befreien kann, sondern aushalten muss, dann frage ich mich doch, wofür stehe ich morgens auf. Ich bin irgendwann leer und einfach nicht willig überhaupt noch einen Schritt zu tun, in solchen Situationen geht bei mir jeder Logik flöten. Natürlich weiß ich im innersten, daß ich das alles verkraften muss und daß es eben ein Weg ist, der auch weitergeht, der mich zur Veränderung führt und das ergibt dann einen Sinn. Ich meine, ich kann das nur ertragen mit dem Gedanken an eine bessere Zukunft, aber ich weiß auch, daß ist eine Grenze gibt. Ich weiß nicht, wo sie liegt und ich kann nicht vorhersagen, wie lange sich eine solche Situationen ausdehnen kann, bis sie mich kaputtmacht. An dieser Stelle muss ich aber auch sagen, daß es auch Höhepunkte gibt, die mich doch immer wieder ein Stück weitertragen. Oftmals erreicht mich eine gute Nachricht genau dann, wenn ich es am nötigsten brauche, das hilft mir wieder über ein paar Wochen. Trotzdem werde ich jetzt froh sein, wenn ich diese Phase überstanden habe.

Lieber Wolfgang, auf die Frage nach den Klöstern möchte ich heute noch nicht weiter eingehen, vielleicht im nächsten Brief, trotzdem vielen Dank, daß Sie mir meine Fragen so umfangreich beantwortet haben. Was Ihre Arbeit bei der Caritas betrifft, so war ich neugierig, wie die praktische Hilfe für Menschen die in Not geraten sind aussieht, ob es bei uns überhaupt die Möglichkeit gibt, wirklich zu helfen. Ich finde es großartig, was sie machen und ich beneide Sie um diese Aufgabe.

Inzwischen habe ich bei meinem dicken Chef noch einmal eine – Leistungseinschätzung – beantragt und mit schmalzig-freundlicher Miene hat er mir dies gewährt. Ich muss jetzt nur noch warten, bis mein Meister aus dem Urlaub kommt. Im nächsten Brief kann ich Ihnen vielleicht schon eine Abschrift mitschicken.

Bis zum nächsten Brief

die Imke

Ende August 1985

Liebe Imke!

Anbei schicke ich Ihnen heute einer unserer noch druckfrischen Visitenkarten. Zwei Delphine sind darauf zu sehen, man könnte ihre Beziehung als Spiel deuten. Spiel – das gefällt mir/uns und wir sehen darin auch den Versuch, weg zu kommen von einer Kommunikation, die auf der Herrschaft eines Menschen über einen anderen basiert. Ich denke, daß in den „helfenden Berufen" die Gefahr der Ausübung von Herrschaft eine große, oft gar nicht durchschaute Rolle spielt. Beide Seiten sind davon betroffen, der Helfer und sein Gegenüber. Der Helfer, in dem er seine Einsichten, Vorstellungen, Wünsche dem Hilf suchenden eingeben kann, ihn vielleicht aufgrund der institutionellen Autorität sogar zu Sachen zwingt, die ihm seine Freiheit nehmen. Und mit der Freiheit auch seine ganze Kraft und Würde. Wie deprimierend ist das eigentlich, nur Empfänger, nur Bedürftiger zu sein! Welche Anmaßung aber liegt darin, über jemanden zu bestimmen. Welch ein Größenwahn des Helfers kann sich aufbauen, was für ein Verkennen eigener Grenzen und Möglichkeiten. Ich selbst sehe mich über diese Gefahren auch nicht erhaben. Andererseits aber kann dem Hilfesuchenden die Rolle des Objekts, des Abhängigen, auch wirklich gefallen. Er kann sie schätzen, als die bequemste und glatteste Lösung, um mit seinen Problemen fertig zu werden. Er kann seinen Helfer dafür loben (welch feines Gift kann Lob auch sein?!) und mit Zuversicht vollgestopft nach Hause gehen. Stabilität und Harmonie werden vielleicht sogar kurzzeitig bleiben, aber wie wird man dem Wind des Lebens trotzen, wo doch keine tieferen Erfahrungen herangewachsen sind? Es ist ja nicht die eigene Welt auf die man da aufbaute... mir kommt da ein altes orientalisches Sprichwort in den Sinn: gibst du jemanden einen Fisch, nährt er sich einmal. Lehrst du ihn aber fischen, nährt er sich für immer. Wie schwer ist es – und diese Erfahrung verwirklicht sich wohl nur über eine Art Spiel – als Helfer oder Hilfesuchender, wirklich frei und gleichberechtigt zu werden. Man muss z.b. sich aussetzen der einzigen Autorität, die hierbei zählt: der eigenen Authentizität. So versucht, bietet das Spiel, die Chance einer wirklich menschlichen Begegnung, die die Unfertigkeit auf beiden Seiten aushält.

Warum ich das schreibe, werden Sie fragen?! Vielleicht weil ich auch sagen wollte, dass ich bei Ihnen ein waches Gespür für den Anspruch der Werte menschlicher Unabhängigkeit und Freiheit sehe (diese Intuition, Sie wächst einem ja oft aus Verletzungen zu). Der Versuch Ich zusagen, er hält sie lebendig und scheint mir doch gerade auch empfindlichster „Sensor" im Gestrüpp des Alltags zu sein. Dass wie Sie schreiben, der Alltag zur Überdosis werden kann, auf den sie heftig reagieren müssen, macht auf Dauer eine grundlegende Veränderung (der Arbeit, des Anfahrtsweges) notwendig. Sie sehen das ja ganz entschieden und ich bin gespannt auf die neue Leistungseinschätzung, auf die Aussicht bezüglich einer anderen Arbeit, auf die Wahl des Zeitpunktes für den Überleitungs- oder Aufhebungsantrag. Falls sie es für günstig halten, müssten wir und mal unterhalten, ob eine Intervention von meiner Seite bei ihrem Betrieb sinnvoll wäre.

Was ich Ihnen in der jetzigen Situation wünsche, ist die ausgleichend reifende Kraft des Sommers. Ich meine damit die Offenheit der Augen für das Licht einer Morgenstunde, wenn es hinter Gärten oder Wäldern hervor wächst. An Erde unter den Füßen und eine Wolke zum fliegen. An die elektrisierende Bläue einer Sommernacht, die den Glanz des Tages nicht entlässt. Das Miterleben der Natur, welch eine poetische Revolution kann sie in einem auslösen. Welch ein Aufblühen von Sinn und Schönheit kann einem zuteilwerden. Ich weiß nicht wie viel Energie an Schönheit ein Mensch erfahren haben muss, um ein strahlend leuchtendes Gesicht zu zeigen. Ich sehe nur, dass diese Erfahrung im Allgemeinen schwächer wird. Und ich weiß, dass ich selbst keinen anderen Weg oft kenne, als mich hinein zu knien in die Kostbarkeiten unserer Erde. In eine Natur, die so angegriffen und verletzt, manchmal nur noch schreiende Schönheit gebiert. Ohne die Schönheit der Natur aber, wer bin ich dann?

In der Hoffnung, daß Mensch und Natur gemeinsam aneinander wachsen
Im Durst nach Schönheit
grüße ich Sie sehr herzlich
Ihr Wolfgang Herdzin

3.10.1985

Lieber Wolfgang!

Drei Wochen Urlaub sind zu Ende. Eine Zeit, die ich dringend brauchte, um den täglichen Druck los zu werden, etwas Ruhe zu finden und Kraft. Eine kleine Pause zwar nur um Reibungen und Rückschläge beiseite zu schieben und Energie zu tanken, um die Last der Arbeit weiter zu tragen, eine Zeit lang noch.

Ich war für einige Tage im Benediktinerkloster St. Gertrud in Alexanderdorf und hatte dort die Möglichkeit, mich mit einer jungen Nonne zu unterhalten. Ein Gespräch, das für mich sehr interessant war, denn meine Vorstellungen vom Lebensablauf in einem Kloster waren doch etwas lockerer. Ich werde noch einmal zu Weihnachten für eine Woche dort hinfahren und hoffe, daß ich das Gespräch mit Schwester A. weiterführen kann und daß das Erste nicht nur eine Ausnahme war. Mich interessiert die ganze Lebensweise und vor allem die Frauen selber. Im Großen und Ganzen war ich ziemlich beeindruckt von der Selbstlosigkeit, die heute so gut wie ausgestorben ist. Die ganze Umgebung strahlt eine herrliche Ruhe aus. Ruhe und Frieden, vielleicht auch eine Art von Freiheit, frei für die eine Aufgabe, ohne Spannungen. Was meine Arbeit betrifft, so werde ich dieses Jahr auf jeden Fall zu Ende bringen. Ich hatte eine neue Arbeit in Aussicht die mich reizt, aber es gibt ein kleines Problem.

Die Tätigkeit selbst ist so was Ähnliches wie Gärtner. D.h. für mich: ich beschäftige mich mit Pflanzen, was mir bestimmt Spaß macht, bin an der frischen Luft, arbeite in einer kleinen Gruppe von sechs Leuten, bin mit einer alten Freundin zusammen und arbeite von 6:30 Uhr bis 15:30 Uhr, eine Zeit die ich selbst bestimmen und verändern kann. Die Arbeitsstelle ist in P. und privat. Das Problem ist nur, daß es etwas außerhalb liegt und mit einem Fahrrad nicht zu schaffen ist. Ich müsste also eine Prüfung machen und mir ein Fahrzeug (am liebsten Motorrad) zulegen. Mal sehen, wie ich das Ganze anfasse, aber ich hab schon mal ein Ziel, das ist das Wichtigste.

Übrigens, ich weiß nicht, ob ich das schon erwähnt habe, ich habe jetzt einen privaten Lehrer für meine Malerei. N. M. ist professioneller Maler und hat sich bereit erklärt, mich zu unterrichten, weil ich ja keinen Zirkel besuchen kann wegen der Schichtarbeit. Ich wäre froh, wenn ich durch die neue Arbeit ein wenig Zeit gewinnen kann, denn wir arbeiten nur am Wochenende zusammen und da haben wir auch nicht immer Zeit.

Ich danke Ihnen und grüße Sie

die Imke

PS eigentlich wollte ich im Urlaub auch einmal zu Ihnen nach Berlin kommen, aber ich wusste nicht so recht, ob das zeitlich gepasst hätte

4. November 1985

Liebe Imke!

Da waren Sie also im Kloster Alexanderdorf! Ein Ort, der auch bei mir Erinnerungen hochkommen lässt, Erinnerungen allerdings von zwiespältiger Natur. Ich glaube, diese Zwiespältigkeit kommt aus der eigenwilligen Suche nach meinem Lebensweg. Daran hängen eben Auseinandersetzungen mit bestimmten Traditionen, Wertvorstellungen, Haltungen, Lebensweisen. Diese von außen her prägenden Faktoren können zum Widerspruch geraten, gerade dann, wenn die eigene innere Erfahrungswelt über sie hinauswächst. Vielleicht sprechen wir einmal konkreter über diese Dinge, im Moment scheint es mir aber gut, daß Sie ganz unvoreingenommen, Ihre Erfahrungen mit dem Ort, mit den Menschen dort machen. Vielleicht haben Sie mal die Kraft und die Zeit, um noch deutlicher Ihre Eindrücke, Ihr Interesse zu schreiben.

Was Sie über ihre mögliche neue Arbeit schreiben hört sich wirklich gut an. Drei wichtige Bausteine einer befriedigenden Arbeit scheinen ja zusammen zu kommen. Der Inhalt der Arbeit, diese Art Gärtner zu sein wie Sie schreiben, der bei mir Assoziationen von guter Erde, grünen Pflänzchen, Landluft, aber auch von gefrorenen Fingern und vom Bücken schmerzenden Rücken weckt. Aber gerade, wenn ich die Lobeshymne auf Computerberufe höre, diese Begeisterung für doch relativ tote Dinge, dann wird mir solch ein „Ur-Beruf" wie der des Gärtners besonders wert. Ich kannte eine alte Gärtnersfrau, wohl an die 70 Jahre und werde Ihr wundervolles „Blumengesicht" nicht vergessen. Im lebenslangen, liebkosenden Gespräch mit Pflanzen und Blumen, wurde sie selbst eine dieser schönen Wesen. – Was man innerlich wirklich liebt, wird man dem nicht auch ähnlich?

Dass Sie in einer kleinen Gruppe – mit alten Freunden sogar – zusammenarbeiten können, das kann schon eine gute Chance sein. Denn in diesen riesigen Industriegeländen, in denen Massen von Menschen beschäftigt sind, stirbt da nicht das Gefühl und die Achtung vor dem Einzelnen? Überschaut er noch das wofür er da arbeitet? Verantwortet er wirklich noch Ziele und Folgen seiner Tätigkeit mit? So eine kleine Gruppe wird allerdings auch kein spannungsfreier Ort sein. Aber in der Art und Weise wie Spannungen ausgehalten oder gelöst werden, darin kann sich auch die Möglichkeit der gegenseitigen Hilfe, vielleicht auch der Reifung bieten. Der nur sich selbst vorwärtstreibende, bindungslose Individualist wird mir immer verdächtiger!

Die variable und selbst bestimmbare Arbeitszeit, die wäre vielleicht das dritte Plus. Der unverhältnismäßige Aufwand des jetzigen Weges zur Arbeit würde wegfallen, die sogenannte Freie Zeit wurde sich an ihre Fersen heften. Sie zu nutzen, engagiert oder einfach musisch, bedarf wohl auch einiger Übung und wird meist unterschätzt. Ich kenne mich da selber ganz gut und mir helfen feste Bindungen z.B. zu meinem Friedenskreis oder dem Ausdauerlauf als Bewegungstraining und „Meditation des Westens" oder der einfache Spaziergang vor dem Schlafengehen.

Das Sie beim Malen bleiben und nun auch Unterricht nehmen, ist eine tolle Sache. Da ich auf diesem Gebiet kaum mit Talenten gesegnet bin, staune ich immer, wenn es Menschen gelingt, Gegenständliches, aber auch Eindrücke oder Abstraktionen zu Papier oder auf Leinen zu bringen. Vielleicht bleibt es Ihre ganz eigene Möglichkeit, unter die Haut von Menschen, Geschichten, Landschaften oder was auch immer zu kommen, sie nach Wahrheit und Schönheit zu befragen. Heinrich Böll sagte einmal: Kunst ist eine der wenigen Möglichkeiten, Leben zu haben und Leben zu halten, für den, der sie macht und für den, der sie empfängt. So wenig wie Geburt und Tod und alles, was dazwischenliegt, zur Routine werden können, so wenig auch die Kunst.

In diesem täglichen Kampf wider die Routine aller Couleur verbleibe ich sehr herzlich

Ihr Wolfgang Herdzin

PS. Heute früh, als ich zur Arbeit fuhr, lag über den Acker hin, noch leicht in Morgennebel gehüllt, die dörfliche Silhouette von Schönfließ: der alte Kirchturm, ein hoher Baum, ein paar Häuser. Dahinter aber aufsteigend und unaufhaltsam, der magisch leuchtende, blutrote Sonnenball. Ein Morgen, der mit nichts zu bezahlen wäre…

31. Januar 1986

Lieber Wolfgang!

Da war ich also in Alexanderdorf.

Wie das Weihnachtsfest bei uns zu Hause abläuft, weiß ich seit 20 Jahren. Was davon im Nachhinein geblieben ist, hat kaum eine Bedeutung, nichts weiter als ein paar arbeitsfreie Tage. Ich kann jetzt tatsächlich sagen, daß es mein erstes Weihnachten war. Es war unglaublich schön, daß ich es unmöglich ausdrücken kann. Die Worte, die ich kenne, sind zu leer und abgegriffen, es würde theatralisch wirken, wenn ich versuchen wollte das alles festzuhalten.

Es war ein fantastischer Zustand von Ruhe und Frieden, ein Loslassen das eigenen Ich's. Ich war niemals so glücklich.

Vielleicht kann man auch nur wirklich glücklich sein, wenn man sich selbst vergisst oder einfach zurücktritt und wenn einem deutlich wird, wie klein man ist, wie gering und vergänglich.

Bei diesem Fest tritt ja auch der Mensch total in den Hintergrund, er schiebt sich selbst zur Seite, um Gott Raum zu geben.

Ich bin zu der Erkenntnis gekommen, daß dieses Fest hier eine ganz andere Grundlage hat als das weltliche, wo Geschenke, gutes Essen und die Behaglichkeit das Wesentliche ist.

Ich glaube, die Weihnacht, die die Christenheit feiert, beruht hauptsächlich auf Dank (in Bezug auf die Geschichte Jesu und den eigenen Erfahrungen). Diese Menschen sind glücklich in ihrer grenzenlosen Dankbarkeit, daß Gott da ist, nicht irgendwo, sondern unter uns, vielleicht in einem Menschen, vielleicht erkennbar in einer Situation, im eigenen Handeln. Und das macht sie fähig Liebe, Hoffnung und Freude spürbar zu vermitteln, greifbar und handfest, keine Luftblasen, keine leere Watte.

Für mich hat dieses Erlebnis deshalb eine so große Bedeutung, weil das kein zeitlich begrenzter Zustand, keine Phase ist, sondern Bestand hat, etwas Bleibendes ist, das auch durch den banalen Alltag nicht abgetragen werden kann. Dies alles konnte mir kein Mensch geben und es wird mir auch niemand mehr nehmen können. Diese erlebten Erfahrungen äußern sich in meinem weiteren Leben und Handeln, man ist anders, man ist neu.

Es ist wie in eine ganz normale Liebe zu einem Menschen, nur viel größer, grenzenlos unendlicher, weil man sich nicht anders bedanken kann als mit sich selbst, mit dem. was man tut, nicht mit irgendeinem gekauften Geschenk.

Eine Kollegin (Freundin wäre zu viel gesagt) meinte: „Es muss gut gewesen sein, du bist anders."

Ich denke, daß sagt schon etwas aus und es stimmt auch, ich bin viel ausgeglichener und zufriedener. Das heißt nicht, daß ich in Zukunft auf der Stelle treten will, im Gegenteil, dieses Wohlbefinden treibt mich, macht mich vital.

Und das alles, wo ich niemals leben wollte, wo ich das Leben als Qual und Verzweiflung empfand und es niemals eine Hoffnung gab; da bin ich plötzlich einfach glücklich.

Für mich ist Gott nicht irgendetwas Abstraktes, keine neblige, verborgene Theorie, sondern eine Basis und ein Ziel, ein Angebot. daß jeder einnehmen oder ablehnen kann, Hintergrund und Vordergrund zu dem es eine Ebene, einen Weg gibt. Gott ist mir näher als jemand, der neben mir steht, greifbarer, begreifbarer als der Mensch, es gibt ein wirkliches Funktionieren.

Als ich meine ersten Erfahrungen mit Gott machte, dachte ich nicht daran, daß sich dieses Glücksgefühl, diese Zuneigung überhaupt noch steigern kann. Nach dem Aufenthalt im Kloster bin ich so dankbar und glücklich, daß ich beim Beten oft sprachlos bin. Es gibt einfach kein Wort.

Mein Leben ist nach außen im Grunde gleichgeblieben und trotzdem gibt es eine grundlegende Veränderung die darin besteht, daß ich mich wohl fühle, so wie ich lebe. Das war nicht immer so, ich denke Sie wissen das.

Ich war ja wohl schon immer etwas sonderbar, ich liebe es zurückgezogen und unkonventionell zu leben. Menschenansammlungen machen mir Angst, die üblichen Freizeitgestaltungen sind mir unangenehm und langweilen mich, und der Krampf, sein Leben nach Anschaffung und Leistung zu beurteilen und zu rechtfertigen widert, mich an.

Es gab Zeiten, da haßte ich die Menschen und ich schämte mich selbst, Mensch zu sein, ich schämte mich ganz wahnsinnig.

Ich komme jetzt aber gut zurecht und kann deshalb auch das Leben als Widerspruch annehmen. Selbst sinnlose Enttäuschungen, Reibungen und Auseinandersetzungen bekommen einen Wert. Die Erfahrungen, die mich geprägt haben, sind für mich zum Kapital geworden. Sie liegen nicht in einer Schublade mit dem Etikett „Vergangenheit" drauf, sondern sind immer gegenwärtig, ich lebe davon. Diese Erfahrungen und die daraus folgenden Erkenntnisse machen mich wohl so sensibel und mein Leben auf eine andere Art intensiv, aber auch zum Außenseiter. Und das tut mir gar nicht leid, am liebsten würde ich als Eremit irgendwo leben, um genug Zeit zu haben für mich und mein Lieblingsbuch.

Ich schrieb Ihnen ja, daß diese Beschreibung überschwänglich werden würde, aber nichts davon ist gekünstelt, gemalt. Und ich frage Sie, kann das denn ein Rausch sein, wenn es noch nach fünf Wochen anhält, obwohl es immer noch Konflikte gibt, die man zu bestehen hat.

Ich kann das nicht glauben, für mich bestätigt sich die Existenz Gottes in jedem neuen Tag.

Nun noch einmal kurz zu meiner Frage nach dem Alkoholiker Problem.

Beim N. (um den es sich bei meinem Schreiben handelte) stand alles in der Kaderakte. Degradierung bei der Armee, Vorstrafe von 1973, Fahrerlaubnisentzug mit Fahrerflucht von 1977, ein strenger Verweis von 1978, sowie das Alkoholproblem. Inzwischen ist die Sache vom Kreisgericht geregelt worden, die Papiere sind vernichtet.

Jetzt frage ich mich aber, kann mir das nicht auch passieren? Da ich keinen Einblick in die Kaderakte habe, kann ich erst feststellen (das möglicherweise meine Verweise nicht herausgenommen wurden), wenn ich bei einer anderen Arbeitsstelle abgelehnt werde. Damit wäre ja höchstwahrscheinlich die neue Arbeit wieder tabu, denn ich traue das unserem Betrieb ohne weiteres zu.

Dann habe ich gleich noch eine Frage, das Arbeitsgesetzbuch habe ich bis jetzt noch nicht bekommen, es ist wirklich schwierig.

Wenn ich beim Arzt war und für diese Zeit einen Zettel mitbekomme, auf dem eindeutig steht, daß ich von dann bis dann in der Praxis war, ist das dann und unentschuldigtes Fehlen?

Es ist mir klar, daß diese Zeit von Betrieben nicht bezahlt wird, aber ich glaubte, daß dieses Fehlen entschuldigt wäre.

Ich danke Ihnen und grüße Sie

Die Imke

Ich habe da noch ein Gedicht, daß ich ganz herrlich finde, das muss noch in den Brief!

In wahrheit ist es würdig und recht

dir verborgener gott dank zu sagen

immer und überall

und in dieser stunde

durch jesus christus

der zum herrn unseres lebens wurde

er in dessen nähe

die menschen glücklich waren

und verwandelt wurden

wie wasser zu wein
weil er niemanden
sein eigenes absprach
sondern neue möglichkeit
zu leben einräumte
und in seiner nähe wirksam werden ließ
er der nie ein leeres wort sprach

sondern immer sich selbst
mit allen konsequenzen mit lieferte
wie brot wie wein
um diesen Jesus willen
der dich verborgener Gott
glaubhaft verkündete
preisen wir dich

so einfach ist das nicht
den herrn erscheinen zu lassen
ob man das überhaupt kann
vielleicht muss man so viel platz machen
so sehr sich selbst wegräumen
das der herr platz bekommt
zum erscheinen
da muss man hauchdünn werden
durch eine elefantenhaut
kann der herr nicht durchscheinen

gott
du erscheinst immer noch
zwischen den zeilen
du erscheinst nicht
auf kommando
durch zaubersprüche
du erscheinst nicht

fahrplanmäßig

nicht programmmäßig

gott

du erscheinst da am deutlichsten

und schönsten

wo die welt dünn ist

wo sie sich nicht so wichtig nimmt

wo die welt hauchdünn

hauchdünn bescheiden

wo die Welt

zurücktritt

da erscheinst du

vielleicht müssen auch wir

etwas zurücktreten

dass du erscheinen kannst

vielleicht muss auch die kirche

nicht so um ihrer selbst willen

auftreten

dass du

gott

erscheinen kannst

amen

in wahrheit ist es würdig und recht

dir verborgener gott dank zu sagen

dir gott

der du hin und wieder erscheinst

in einem lichten augenblick

dir gott dank zu sagen

der du die sterne über uns aufgehen lässt

irgendwo

per Zufall

an den kreuzungen des lebens
menschen
in denen du erscheinst
wie eine hoffnung
wie ein licht
wie eine neue möglichkeit zu leben
weiterzuleben

wir danken dir gott
auch für jesus
indem du ganz klar und und unzweideutig
unserer welt erschienen bist
als trost
als erbarmen
als ein stück himmel
als brot
als wein
als quelle
in der wüste

wir danken dir verborgener gott
dass du nicht immer verborgen bist
dass du uns manchmal erscheinst
im sinnlosen
als ein funke von sinn
der du uns manchmal erscheinst
in einem neuen menschen
der für uns zum weg wird
der für uns zur herberge wird
Wilhelm Willms

10.3.1986

Liebe Imke!

Ich freue mich mit Ihnen über die gute Zeit in Alexanderdorf, über ihr eigenes Wohl-Sein. Mir scheint, als fanden sie dort – durch äußeren Frieden und innere Sammlung – mehr zu sich selbst, zu ihren tiefen herrlichen Kräften.

Mir geht es wohl manchmal recht ähnlich, daß ich mir Zeiten, oft auch Orte suchen muss, an denen meine Seele wieder aufrecht, weit und ansehnlich wird. Das kann schon so was sein, wie ein Wintermorgen der mich zur Eile antreibt, um dann teilhaben zu können am ekstatischen Sonnenfest der Eiskristalle, die auf unermesslich weiter Fläche ihr Tanzspiel offerieren. Wo finde ich sonst so tief, sicher auch so leicht, zu mir, zu Gott?

Im Alltag ist Schönheit und Sinn oft nicht leicht so auszumachen. Man braucht schon ein nachdrückliches Gespür und eine gewisse Seelenstärke, um sich durch Entfremdung und Verschüttung durchzuarbeiten. Hin zu dem, was EINES–SEIN mit sich, mit anderen, mit Gott heißt. Dabei fängt der Weg sicher mit mir an, kommt aber nicht vorbei an der Welt. Die Lust der „privaten Einsiedelei" genügt als Dauerzustand meist nicht. Das persönliche Glück bleibt so lange naiv und in sich gekrümmt, solange es nicht auch von den Fragen der Welt bewegt wird.

Dahinter steht zum Beispiel eine so simple Frage, wie Menschen sich überhaupt näher kommen können, wenn sie pausenlos durch bestimmte gesellschaftliche Zwänge im Trab gehalten werden, wenn die Daueranpassung dann, in „freien" Stunden, nur noch in Passivität umkippt. Welcher Mensch, welche Familie, schafft es schon, solcher Übermacht nicht zu erliegen und selbstbestimmte Werte und Haltungen zu leben? Wie zu originellem Tun oder zur Beschaulichkeit gelangen, wenn ringsum das „Gros" auf Ablenkung und Zerstreuung aus ist? Es hieße in idealistischer Träumerei stecken zu bleiben, wenn man meint, allein durch Vorbild, Appell oder Predigt an solcher Misere etwas ändern zu können.

Ich soll bei mir selbst beginnen, sollte aber die gesellschaftlichen und politischen Bedingungen mit bedenken und mit verändern suchen, da sie ja entscheidend die Einzelexistenz prägen.

Was hat das nun alles noch mit Gott zu tun...? werden Sie vielleicht fragen.

Für mich ist die Frage nach Gott aufs engste mit der Frage nach erfülltem Mensch-sein verbunden, selbst wenn es im Leiden oder in der Sehnsucht, nur als schmerzvoller Mangel sich äußert. Und ich meine, daß die Frage nach der „Fülle des Lebens" in der Kirche bisher weitgehend privat verstanden wurde. So zum Beispiel, als könne ich mich in einer Welt, die vor einem letzten selbst fabrizierten Abgrund steht, gleichsam herausnehmen, mir eine

„Sonderbeziehung" Mensch-Gott neben dieser Welt aufbauen. Hauptsache das private Heil zwischen mir und „Gott" ist gesichert, das übrige, zum Beispiel die Friedensfrage, die Frage der zerstörten Schöpfung, die Fragen der gestörten menschlichen Beziehungen etc. wird sich schon irgendwie ergeben. Eigentlich schicksalhaft ergeben, bleibt man unberührt von solchen Fragen, so als wären diese nicht überaus drängend, als das wir nicht all unseren Geist und unsere Tatkraft zusammen nehmen müssten. Man tut so, als hätten wir gar keinen Einfluss, keine Verantwortung. Ich glaube, daß weite Teile der deutschen Katholischen Kirche (Ost wie West, im Gegensatz zum Beispiel zu den Bewegungen in Südamerika), trotz großer theologischer Denker und Beter, in ihrem Denken und in ihrer Praxis auf einer bestimmten Stufe der Reflexion, Aktion und Kontemplation stehen geblieben sind. Eine Reflexion auf die Welt, die die entscheidend prägenden wirtschaftlichen, gesellschaftlichen und politischen Bedingungen unterschätzt und in der verändernden Tat zu viel von rein individuellen und moralischen Aufforderungen erwartet. Es geht um eine Bekehrung der Herzen, aber nicht bestehender Strukturen auch. So kommen die eigentlichen Wirkmechanismen der heutigen Zeit und Gesellschaft zu wenig ins Gespräch, viel an konkreter, lebbarer Hoffnung geht dadurch verloren. Der Abstand zu Gott bleibt für die meisten Menschen zu groß. Denn die Vereinigung mit ihm geht an der Welt nicht vorbei.

Liebe Imke, ich weiß nicht ob sie verstehen werden, was ich sagen will. Ich will Ihnen aber meinen Ansatz und meine Hoffnung nicht vorenthalten. Der schwierige Weg zu sich, zu anderen und so zu Gott, er geht nur durch lebendige Menschen und durch unsere wirkliche Welt.

Ich will für heute mit einem Gedicht schließen:

Ernesto Cardenal
gefragt nach seinem weg
zum dichter zum priester
und zum revolutionär
gab als erstes an
es sei
liebe zur schönheit gewesen
diese habe ihn
zur poesie geführt
(und darüber hinaus)
sie habe ihn

zu gott geführt

(und darüber hinaus)

sie habe ihn

zum evangelium geführt

(und darüber hinaus)

sie habe ihn

zum sozialismus geführt

(und darüber hinaus)

wie schwach muss eine liebe zur schönheit sein

die nichts als schöner wohnen will

wie gering eine liebe zur poesie

der schon im text genug getan ist

wie klein eine liebe zu gott

die in ihm satt wird

und nicht hungriger

wie wenig lieben wir das evangelium

wenn wir es selber essen

wie ohnmächtig die sozialistische hoffnung

wenn sie angst hat

zu überschreiten was sein wird

Dorothee Sölle

Schalom

Ihr Wolfgang Herdzin

PS. was die Frage des unentschuldigten Fehlens betrifft, so gibt es zwei Dinge zu beachten:

- nur in dringenden Fall soll man den Arzt während der Arbeitszeit aufsuchen

- es sollte das Kollektiv auch informiert werden

es handelt sich um den Paragraphen 183 im Arbeitsgesetzbuch

23.11.1985

Lieber Wolfgang!

Ich habe mich nun doch entschlossen, den Arbeitswechsel erst zum Frühjahr vorzunehmen. Vielleicht März, April und wenn ich es mir finanziell leisten kann, möchte ich dazwischen noch einen Monat zu Hause bleiben.

Die Arbeit dort in der Gärtnerei reizt mich zwar, doch es wird sehr oft im Freien gearbeitet und mir sterben so schnell die Finger ab, da kann ich nicht gut arbeiten. Zum Frühling gehts ja dann wieder aufwärts mit den Temperaturen und ich denke, ich kann mich dann doch leichter daran gewöhnen.

Ich mache mir noch keine großen Gedanken über den nächsten Winter. Ich will mich ja auch weiterhin nach Arbeit umsehen und wenn ich bis dahin noch immer nichts anderes gefunden habe, so hoffe ich doch, daß ich mich den Temperaturen angepasst habe.

Ich bin jedenfalls froh, daß ich aus diesem Betrieb herauskomme, die Situation wird hier immer schlimmer und das Geld stimmt auch nicht mehr. Nun, die paar Monate werde ich auch noch schaffen.

Ich habe da noch eine Frage, die Sie mir vielleicht beantworten können.

Ist es möglich, dass jemand der Alkoholiker, aber seit fünf Jahren trocken ist, in der Kaderakte weiter als Alkoholiker „geführt" wird, also praktisch fürs ganze Leben seinen Stempel hat? Ich kann mir das kaum vorstellen, daß man das nie loswird.

Zu Weihnachten fahre ich wieder für eine Woche nach Alexanderdorf. Schwester A. hat mich schon darauf vorbereitet, daß Weihnachten hier einen ganz anderen, ruhigeren Ablauf hat. Aber gerade das reizt mich und ich bin froh, daß ich dem „Fest" zu Hause entfliehen kann. Was ist schon daraus geworden? Eine Familie sind wir ohnehin nicht, der Bruder, der mir einmal so wertvoll war, ist mir fremd geworden und Mutter wird nur Arbeit haben. Das artet letzten Endes doch nur wieder in Stress und Unruhe aus, ich hab gar nicht das Bedürfnis danach. Ich hatte ja schon immer eine andere Vorstellung von Weihnachten, als das was wir daraus gemacht haben. Ich freue mich dieses Jahr wirklich auf Weihnachten.

Ich grüße Sie ganz herzlich
Die Imke

8.1.1986

Liebe Imke

Nun ist mittlerweile schon das neue Jahr angebrochen, da ich zum Schreiben komme. Wieder ist ein Jahr vergangen – im Nachhinein ein Kometenschweif – am unendlichen Zeitenhimmel. Da ist es gut, sich aufzumachen und noch mal Rückbesinnung zu halten. Man entreißt das Leben wenigstens bruchstückhaft dem Sog der Ewigkeit, schafft Erinnerung. Aber in diesem Stück Erinnerung leuchtet manchmal *alles* auf!

Ich hatte das Riesenglück, zusammen mit Frau und Freunden, die Jahreswende auf Hiddensee verbringen zu dürfen. Zum ersten Mal war ich auf dieser Insel, dazu noch im Winter. Eiswind wehte vom Meer herüber, zerschmetterte die Wogen der Wellen an den wuchtigen Ufersteinen, zauste an den windschiefen Kronen der Kiefern, drang durch Jacken und Pullover bis auf die Haut.

Es war im wahrsten Sinne des Wortes *erhebend* in der Silvesternacht auf die Anhöhe der Insel zu steigen, und dort, das neue Jahr zu erwarten. Unter einem lag die Insel, umspült von einer eisigen See, über einen leuchtete ein hoher Mond. Wirklich, ein unbeschreibbares Erlebnis von Raum war auf einmal da. So, als öffnete das ALL eines seiner riesigen Fenster. Ich schaute aufs vergehende Jahr, auf seine Begegnungen und Erlebnisse, aufs eigene Manko, auf gute Vorsätze. Doch eh ich mich recht versah, brach Jubel aus, wurden Feuerwerkskörper gezündet, fiel man sich um den Hals, wurden Wünsche ausgetauscht. Das neue Jahr war angebrochen. Mag es uns zum Segen werden!

Liebe Imke, ob sie wohl über Weihnachten in Alexanderdorf waren? Die Frage lässt mich nicht los, mich interessieren Ihre Eindrücke, Fragen, eventuelle Anstöße, egal welcher Richtung. Was macht sonst Ihr Leben, Ihre Arbeit, Ihre Interessen? Können Sie es alles zusammenhalten? Kommen Sie voran? Werden manche Aussichten deutlicher?

Ich wünsche Ihnen fürs neue Jahr ein paar kräftige innere Zugpferde, die Sie auf guter Straße ziehen. Seien Sie meiner besten Wünsche gewiss!

Ihr Wolfgang Herdzin

PS. Sie fragten, ob jemand für alle Zeit in der Kaderakte als Alkoholiker (oder zugeneigter) geführt werden darf. Nach meinem Wissen dürfte als Aktennotiz der Alkoholismus, der ja eine Krankheit ist, nicht erscheinen. Oftmals erübrigt sich aber eine ausdrückliche Benennung, da im Zusammenhang mit Alkoholproblemen oft Probleme mit Arbeit und Disziplin auftreten. Ich habe allerdings auch immer wieder erlebt, daß „trockene" Alkoholiker, oft in Zusammenarbeit von Therapiegruppe und Betrieb, gute Chancen der beruflichen Rehabilitation haben. Alkoholismus an sich ist keine leicht verständliche Krankheit; es wird gerade im Umgang mit Alkohol abhängigen Menschen viel falsch gemacht. Wenn Sie wollen, können wir mal mehr darüber sprechen.

16.4.1986

Lieber Wolfgang!

Auch ich glaube, daß der Kontakt, das Gespräch zwischen Menschen sehr wichtig ist, daß wir überhaupt erst dadurch weitergeführt werden können zum Leben, zu Gott, zu Veränderungen.

Nun habe ich bisher nie eine gute Beziehung zu ausgewachsenen Menschen gehabt, ich schämte mich selbst Mensch zu sein und wollte mich Ihnen entziehen. Ich meine hier nicht nur den versuchten Suizid, der vielleicht die letzte Konsequenz davon war, sondern auch meinen darauffolgenden Rückzug in die Isolation, die ganz darauf aufgebaute Lebensweise. Ein schlimmer Tod, weil die Nerven noch funktionieren und man jeden Tag aufs Neue eine Menge Frust von draußen mit nach Hause bringt.

Wenn ich also leben will, wozu ich mich ja entschlossen habe, dann heißt das auch, daß ich mich dem Menschen in seiner Verschiedenheit stellen will, dass ich den Ekel abstreife und versuche sie anzunehmen, daß ich versuche, das zu verstehen und zu erkennen, was hinter der äußeren Schale versteckt wird. Wobei ich glaube, daß man nicht alles verstehen muss und da hilft mir oft ein inneres Gefühl weiter.

Es ist also kein Problem für mich mit Leuten umzugehen, mich auf sie einzustellen, dazu bin ich bereit, dafür bin ich offen.

Meine Schwierigkeiten beginnen schon ein Stück vorher. Ich suche Menschen intensiver als je zuvor, ich hab ein geballtes Bedürfnis nach Gespräch und Freundschaften, muss aber feststellen, daß ich ein wenig zurückgeblieben bin. In der Auswahl, was wirklich in Freundschaften betrifft, war ich schon immer sehr streng. Die einzige Freundschaft, in deren Genuss ich gekommen bin, ist so sehr zusammengeschrumpft, daß da nichts mehr bleibt als ein belangloser Briefwechsel und ein paar längst vergangene Treffen, bei denen man sich nichts mehr zu sagen hätte, sich mit Banalitäten über das peinliche Schweigen hinweghalf.

Ich meine die Leute in meinem Alter haben ihre Familie und leben nur noch für ihren eigenen Bereich. Sie mauern sich ein und schlaffen langsam, unbemerkt ab, die Fragen die einmal wichtig waren, lösen sich auf im alltäglichen Einerlei. Die Menschen verändern sich mit ihrer Situation, es gibt nichts Spontanes, kein wirkliches Interesse, alles was anstrengt wird abgelehnt, man will ein geruhsames „Leben" im eigenen Bau. Das ist einfach die Regel, selbst bei denen, die sich immer für immun hielten.

Die jüngeren Leute nun sind impulsiver und manchmal, selten auch nachdenklich, die große Masse aber, will sich nicht so sehr mit weltbewegenden Fragen auseinandersetzen. Ich hab viel mehr den Eindruck, daß sie übertrieben unkompliziert sind oder sein wollen, locker und frei. Ich finde schon ganz toll, wenn man sich mal so richtig frei machen kann, aber als Dauerwelle scheint mir das unwirklich, ja sogar erlogen. Ich glaube das dieses Ausflippen mehr eine Verzweiflungstat ist und sie damit ihre Ohnmacht wegdrücken wollen. Denn ich bin mir sicher, sie erahnen oder wissen von einer Bedrohung, die sie ganz persönlich anspricht, haben sich aber schon mit 17, 18 Jahren abgefunden, nichts tun zu können. Im Inneren tief unglücklich und eingeengt, wollen sie mit Ihrer Passivität in eine Phantasiewelt ausbrechen.

Und dann da noch die Leute, die Gott ganz für sich beanspruchen, ohne zu verstehen, daß die Frage nach Gott auch vom Menschen spricht. Da wird so manches Menschliche zur Theorie, man tritt auf der Stelle, weil es keine einzige Tat gibt. Menschen werden leblos und sind bald nur noch Schemen und damit wird auch Gott und erreichbar weit. Man setzt sich eine Regel in den Kopf, nachher zu leben es sich lohnt, die einen vor allem das Angenehme, das eigene Wohlergehen nicht abspricht, dann will man auch dankbar sein.

Sie sehen, ich habe mich unter die Leute gemischt, alte und neue Erfahrungen gemacht. Ich bin auf der Suche nach Menschen die mich weiterbringen, die eine ähnliche Richtung haben. Das aber genau fällt mir schwer, ist mir so ungewohnt.

Da taste ich mich vorsichtig nach draußen, um nicht die Leute zu nerven die ihre Ruhe haben wollen (die Mehrheit). Glaube manchmal verrückt, vollkommen unnormal zu sein, die Anderen sind weit weg, fremd, und ich kann nicht anders sein, kann mich einfach nicht anpassen.

Ich hab mich wohl in mein eigenes Netz versponnen, versuche zurückzukommen und weiß noch nicht, wo ich hin soll. Ich brauche die anderen, aber ich will nicht irgendeinen Ersatz für das was ich suche. Ich kann nicht mit ihnen reden, da sind Abgründe. Ich kann doch nicht weiterreden, wenn wir plötzlich stehen bleiben, ich könnte ebenso gut Luft holen. Im Prinzip würde ich doch am liebsten ganz einsam irgendwo leben, aber das ist ja nicht möglich, sich selbst aus der Welt herauszulösen und trotzdem doch irgendwo abhängig von Menschen zu sein. Wenn diese Abhängigkeit nicht wäre, würde ich immer wieder die Isolation vorziehen. Aber zurück in die Wirklichkeit! Die größte Schwierigkeit besteht wohl darin, daß ich zwar ganz genaue Vorstellungen habe und auch weiß, daß sich einige Zeit dazu brauche, aber nie, nie

Geduld habe. Ich will immer alles jetzt, es muss nicht einfach sein, aber sofort. Ich treibe mich also viel da draußen herum, manchmal muss ich mich selbst überreden, denn um ehrlich zu sein, es macht mir keinen großen Spaß. Es strengt mich an (ich hab ja nur das Wochenende für mich) und es kommt mir oft so sinnlos vor, weil nichts bleibt von diesen Ausgängen außer die verlorene Zeit, die ich bereue. Ganz selten nur kann ich reden und hören und verstehen, verstanden werden, so selten, daß man sich wieder verliert. Das ist schon Grund genug um mich immer wieder in dieses Gedränge zu werfen, verkrampft und unsicher, haltlos. Aber manchmal habe ich auch diesen Druck, der mich einfach raustreibt, voller Hoffnung und das ist neu, und das ist deprimierend, wenn ich zurück komme, ich bin wieder einmal keinen Schritt vorwärts gekommen.

Schwierig dieser Weg, aber das macht mir nichts aus, wenn ich nur schon mal wüßte, was ich dafür tun kann. Ich weiß es nämlich wirklich nicht und das ist ganz schön traurig. Ich komme mir vor wie jemand, der gerade aus dem Ei geschlüpft ist und laufen lernt.

Und immer hab ich keine Geduld und so viel Zeit auch nicht mehr.

Im übrigen, die Maja Wiens ist nicht zu bekommen, auch in Potsdam nicht. Schade, das hörte sich schon ganz toll an, ich werde noch ein paar Mal nachfragen. Mit dem Arbeitsgesetzbuch ist es auch schwierig, ich hab mir zwar in Potsdam vor Monaten eins bestellt, aber ich glaube, ich hab ne heiße Ader dafür, alle möglichen Dinge nicht zu bekommen. Das ist nicht ganz so schlimm, wir haben eins in Betrieb.

Ich grüße Sie ganz herzlich und hoffe, dass Sie mir bald wieder schreiben
die Imke

22.5.1986

Liebe Imke!

Es gibt Zeiten, Situationen, da scheint es nur eine Gnade zugeben, die des versuchten Widerstandes.

Ihr Brief erzählt mir von solch einem Widerstand, den ehrlichen, den alltäglichen, den mit den verbrannten Händen. Ihre Zeilen entspringen nicht den gängigen Standards an Konversation, oft voller Geschwätz und Klischee, bisweilen nur intellektuell aufgebläht.

SIE schreiben und ich sehe dahinter die pressenden Arme von Leistung und Produktion, sehe Kollegen und Bekannte, die sauber und gut genährt und doch irgendwie glücklos sind. Was ist der Stoff, von dem man lebt? Was gibt uns innere Bewegkraft, Schönheit und Wichtigkeit? Sie schreiben von Menschen (vorab jungen), die übertrieben unkompliziert sich geben, deren Freiheit unwirklich erscheint, ein Flop ins Phantastische. Ich kenne diese Linie auch. Und mir drängt sich als Bild (nicht als Vergleich) dabei der Film „Cabaret" auf. In der Zeit des wuchernden Nationalsozialismus tanzt ein Großteil der Menschen mit geradezu diabolischem Vergnügen in den Untergang. Ich will nicht gleich der Apokalypse das Wort reden, aber ich frage mich auch, ob ein sensibler Mensch, der das Auge nicht vor der Realität verschließt, wirklich so permanent lustbetont, so unbedarft dahinleben kann. Diese Art von „High-life"- Stimmung, ist sie nicht ein künstlich erzeugter, hoch gedopter Seelenzustand, ein sich schnell verzehrender Brand wertloser Lebenskost?

Mir sind Menschen teuer geworden, die auch den harten Bissen Brot kennen. Menschen die nicht aus Cleverness und Verneigungen ihr Schlaraffenland bauen, die nicht fliehen und sei es in weltlose Träumereien. Diese wichtigen Menschen sind fast immer verletzt, haben ihre Zeiten der Nachdenklichkeit, des Schweigens, des Zornes und der Tränen, der unsicheren Tage und durchwachten Nächte. Aber sie bleiben auf der schwierigen Suche nach *LEBEN*.

Ich glaube, in unserem Land hält sich, bei aller Kompensation und Flucht, ein großes Potenzial an gesuchtem und versuchtem Lebenssinn. Und da will ich gleich einmal auf eine ihrer Formen eingehen: die Freundschaft.

Anders glaube ich, als zum Beispiel in der Bundesrepublik, ist für eine ganze Reihe von Menschen Freundschaft bei uns mehr als eine rein persönliche Beziehung. Das hat sicher mit unserer speziellen politischen und kulturellen Situation zu tun. Freundschaft, so formulierte ich es einmal für mich, als gänzlich unspektakulärer, immunisierender und dennoch revolutionierender Lebensvollzug.

Freundschaft, wie wäre sie von ihrer Ausdehnung zu umreißen, von welchem „Stoff" lebt sie? Ich bin der Meinung, daß sich Freundschaft im engeren Sinn eigentlich auf ein, zwei, drei… Menschen beschränken wird. Nur in diesem Rahmen scheint ein intensiver Austausch möglich, alles andere wird wohl einfach zu viel. Ja, und Arbeit kostet solche Freundschaft (wie auch die Liebe) und ich kenne nicht nur die Zeiten geistiger Erfrischung und freudigen Einvernehmens. Wie anders aber, wenn man einer gemeinsamen Wahrheit auf der Spur ist…

Freundschaften im weiteren Sinn, wie sollten sie nicht das Leben reicher machen?!

Es dauert mitunter Jahre, bis ich solchen Freund(in) wieder sehe oder ein Brief hin und her geht. Und es gibt dabei das stille Einverständnis des Herzens und des Gedankens: man bleibt einander treu. Solche Freundschaften, werden für mich nach Jahren auch nicht schwächer, im Gegenteil, in dem Maße wie der Freund und wie ich selber, uns je einzeln vertieft haben, werden wir auch gemeinsame Tiefen loten können.

Auch den Verlust, beziehungsweise das „Verdampfen" von Freundschaft kenne ich. Es beginnt meist da, wo der eine oder andere nicht mehr bereit ist, sich zu entwickeln. Was Sie von ihrer einzigen engen Freundschaft schreiben, ist traurig. Ist Ihr Versuch einer Freundschaft vielleicht am „Abschluß-Syndrom", einer Art Weigerung, *weiter* zu gehen, mit zu machen, sich hinzugeben, möglicherweise gescheitert? Ein nachwirkend familiäres Muster?

Wirkliche Freundschaft, welche Vorbilder gibt es, von welchem Sinn lebt sie?

Ich denke an Marx und Engels und sehe die Problematik hierzulande von ihnen zu sprechen. Aber ich sehe zwei menschliche Gesichter, die auf Freundschaft aus sind. Sie waren einer gemeinsamen humanen Vision verpflichtet und gingen auch im Alltäglichen durch „dick und dünn" (was wäre bloß aus der Familie Marx geworden, hätte sie Engels nicht so oft im Letzten herausgeschlagen?). Was wurde nicht im Interesse der „Sache" versucht, welche Innigkeit, welcher Witz und Humor wuchs in die Beziehung mit hinein?

Greife ich mit diesem Vorbild zu hoch? Bleibt es nur toter Stein, der einen mit Bewunderung erfüllen soll, nicht aber auch zum Tanzen lockt? Lässt es mich, uns, gar minderwertig und einsam zurück?

Wir leben anders als diese beiden Heroen, unter anderen Bedingungen, jeder mit seinen Möglichkeiten. Für mich gibt diese exemplarische Freundschaft einfach nur die Richtung an, in der es sich lohnt zu gehen. Es ist, als treffe ich da plötzlich auf allerhand Menschen, auf Namenlose mancherorts, die im Freundlosen nicht stecken bleiben wollen. Wohl an denn, Du schwierige Kunst!

Mag sie Ihnen glücken!

Ich grüße Sie freundschaftlich

Wolfgang Herdzin

28.10.1986

Lieber Wolfgang

Ich habe große Briefschulden, ich weiß es. Doch wollte ich erst abwarten, bis ich etwas Genaueres weiß. Jetzt habe ich alles hinter mir und will Ihnen einmal berichten was in der Zeit zwischen unserem letzten Gespräch und heute passiert ist.

Mit dem Kindergarten hat es nun doch nicht geklappt, und ich denke mit meiner Kaderakte hätte ich ohnehin keine Chance gehabt.

Aber es gibt wieder eine kleine Hoffnung.

Ich muss regelmäßig zu einer Lungenspezialistin und die versprach mir zu helfen. Unter dem Vorwand meiner angegriffenen Gesundheit (chr.Bronchitis), dachten wir an eine betriebliche Versetzung, so daß ich nicht weiter der mich belastenden, feuchten Luft ausgesetzt bleibe.

Ich sah darin endlich eine Möglichkeit zu Veränderung und war wieder einmal voller Vorfreude.

Meine Ärztin vergaß mich leider, wie alle Ärzte völlig überlastet.

Beim nächsten Termin erinnerte ich sie und sie meinte, ich sollte mit dem Kaderleiter sprechen und der möchte sich doch mit ihr in Verbindung setzen (das wäre der rechtlich richtige Weg, was ich sofort bezweifelte). Nun hatte ich ja schon vorher mit dem Kaderleiter Zoff, Sie wissen wegen der Kaderakte, den Verweisen. Der stellte sich auch tatsächlich stur und ich konnte wieder auf die nächste Sprechstunde warten. So zog sich die ganze Angelegenheit unendlich weit hin, bis ich an keine Lösung mehr glaubte. Letzten Endes war die Situation so, dass ich wieder der Blödmann war, der sich das alles nur ausgedacht hatte und sich so gerne wichtig tut. Da plötzlich erfahre ich vom Meister, ein Attest ist eingetroffen und alles ging Schlag auf Schlag. Ich drängelte noch ein bisschen und nach zwei Gesprächen mit Betriebsleiter und Leiterin der Annahmestellen, im Vorlauf von nur einer Woche, ist alles klargemacht worden.

Am Montag, den 29.11. eröffne ich und noch eine Kollegin eine nagelneue Annahmestelle. Dieser Job ist etwa vergleichbar mit der Arbeit einer Verkäuferin. Für mich verändert sich damit meine Situation ganz entscheidend, wichtig ist mir hierbei der Kontakt zu Menschen und die verhältnismäßig große Bewegungsfreiheit, das Fehlen einer Überwachung von Leuten die genau dafür bezahlt werden.

Ich bin sehr glücklich darüber, daß ich endlich die Möglichkeit bekomme, aus einem Teufelskreis auszubrechen, der mich in jeder Beziehung gelähmt hat.

Aber warum eigentlich muss sich das erst über die Monate hinziehen? Warum muss man immer erst ein Stück kaputt gehen, warum wird alles mit Problemen und Schwierigkeiten zugedeckt?

Alles könnte so einfach sein, ich glaube, Bürokratie werde ich nie begreifen. Wie flach, wir tot und wie trocken sind die Ergebnisse dieses Verfahrens, sie haben nichts menschliches mehr, ich selbst habe mich nur noch als Ding, als Maschine erlebt. Genau das macht mich traurig, es nimmt mir oft die Lust, bringt mich aus dem Gleichgewicht.

Aber manchmal kann ich es gar nicht fassen, daß es auch eine andere Seite gibt. Die Realität verliert sich im Rausch und ich frage mich, ob ich träume, vielleicht bis zum nächsten Stein über den ich fallen werde, unweigerlich, das kommt immer wieder.

Ich habe jetzt keinen Traumjob, aber er bedeutet eine gewaltige Veränderung zu dem, was davor war. Ich selbst kann etwas dazu tun, weiter gehen. Zum ersten Mal gibt es Öffnungen. Seien Sie ganz herzlich gegrüßt, ich schreibe Ihnen wie ich mich eingearbeitet habe.

die Imke

Im Übrigen, vielleicht noch ganz interessant, erfuhr ich ganz zufällig, daß meine Kaderakte nur bis 1984 geführt worden ist. Das bedeutet, daß keine positiven Veränderungen existieren, ich verschlafe noch immer, und gehe arbeiten, wenn mir gerade nichts Besseres einfällt. Ich finde das einfach unglaublich. Ich habe daraufhin wieder einmal eine Beurteilung beantragt (zum dritten Mal), die ich hoffentlich diesmal auch bekomme, aber das kann dauern.

23.11.1986

Hallo Wolfgang

Ich weiß jetzt wirklich nicht mehr, wann ich das letzte Mal und wie weit ich von mir geschrieben habe.

Ich weiß also nicht, ob ich schon geschrieben habe, daß ich seit dem 27. Oktober eine neue Arbeit habe. Ich glaube schon, kann es aber nicht genau sagen. Vielleicht schreiben Sie mir mal, ob ich mich schon dazu geäußert habe.

Ich bin jetzt seit fast zwei Wochen im Krankenhaus und muss noch zwei Wochen absitzen. Seit der letzten Visite aber weiß ich es besser. Nach den vier Wochen darf ich nämlich noch für sechs Wochen auf eine andere Station.

Es ist nicht so, daß es mich schlimm erwischt hat. Die wollen hier nur meine chr. Bronchitis, die ich schon als Säugling hatte, richtig durchuntersuchen. Darum ist auch die ganze

Atmosphäre hier sehr locker. Man kann tun, was man will, vorausgesetzt man erscheint zu den Untersuchungen und den therapeutischen Maßnahmen. Ich gehe viel spazieren (schöne Waldgegend) wir können in die Stadt fahren und einkaufen, wir gehen in Cafés und machen uns ein fettes Leben. Man wird auf die Dauer sehr faul. Wenn man eine Weile hier ist, gibt es auch mal Wochenendurlaub. Auf der Kurstation, wo ich die sechs Wochen verbringen werde, geht es sehr viel strenger zu. Kein Urlaub, nur ein paar Tage zu Weihnachten und meinen Geburtstag darf ich auch hier verleben, das ist nicht sehr nett. Die Krankenschwestern sind ewig schlecht gelaunt und streng, im Fernsehen gibt es nur den Zonensender usw.

Ansonsten hat man hier sehr viel Ruhe und kann sich mal so richtig erholen. Schlimm ist nur, es gibt hier auch schwerer Fälle, es wird sehr viel von Krebs und Tumoren gesprochen. Vor kurzem ist zwei Zimmer weiter eine Frau gestorben, mit Schmerzen und ohne noch mal zur Familie zu dürfen. Bei einer sehr jungen Frau ist ein bösartiger Tumor festgestellt worden und von vielen weiß man, daß sie es nicht mehr lange machen. Man versucht das zu verdrängen, wird aber doch immer wieder damit konfrontiert und das macht mich dann wieder traurig und nachdenklich.

Wenn ich das so um mich herum sehe, bin ich sehr dankbar, denn es geht mir gut, und ich habe immer das Bedürfnis etwas zu tun, aber man steht doch nur stumm da und kann nicht helfen. Das ist sehr schlimm.

Liebe Grüße, Tschüß

die Imke

Wenn sie mir schreiben wollen, schreiben Sie nur ans Krankenhaus, ich bekomme die Post

5.12.1986

Liebe Imke

Ich hoffe, dass die „Ewigkeits-Mühle" BÜROKRATIE Ihnen jetzt doch eine Arbeit zubilligte, die sie freudig stimmt. Einen wesentlichen Teil Ihres Tuns, Ihrer Zeit, der sie wohl bisher eher sklavisch verpflichtet waren, könnte reaktiviert werden. Vielleicht können Sie sich jetzt mehr selbst einbringen, spüren, dass Ihnen ihre Arbeit Spielräume individueller Entfaltung und Gestaltung lässt, das tiefere Sphären in ihnen sich regen können... Ich wünsche es sehr.

Die Bürokratie von der sie schreiben, wer wüsste denn nicht einen Fluch auf sie zu werfen?! Was ist er eigentlich, dieser APPARAT, was verbirgt sich hinter dieser mysteriösen Wortfigur? Diese Fragen sind wichtig und interessant, aber es würde hier zu weit führen, mittels einer genauen Analyse, den Aufbau, den Inhalt und die Funktion dieser Domäne zu ermitteln. Fragen würden dann auch kommen, wie, warum, es so ist, wie es ist und ob dies für alle Zeit so sein muss. Fragen an Gesellschaft und Staat müssten diskutiert werden. Noch aber leben wir mit und in ihr: Wie lässt sich da *leben?*

Ich selbst habe auf unserem Menschenrechtsseminar (von unserem Friedenskreis organisiert, was vor zwei Wochen stattfand) allerhand Mut zugesprochen bekommen, durch die Inanspruchnahme der vorhandenen Gesetze etwas zu versuchen. Ein engagierter Rechtsanwalt, oft Verteidiger in brisanten (Un-)Rechtsgeschichten, setzte sich für eine volle Ausschöpfung aller Rechtswege ein, hatte auch selbst auf diesem Wege manches Wichtige erreicht. Sicher, die Frage bleibt, nicht jeder, eher Wenige werden solch einen Anwalt zur Seite haben. Im normalen Konfliktfall bleibt mangels Unkenntnis und Ungeübtheit der Einzelne meist allein, sieht sich ohnmächtig und rechtlos der Gewalt von „oben" ausgeliefert. Das sich da die Gesellschaft auch Gedanken machen müsste über die breiteste und wirklich funktionierende Wahrnehmung von Bürgerrechten, liegt auf der Hand...

nun kam doch vor längerer Zeit Ihr zweiter Brief bei mir an.

Man spürt aus ihm ein bisschen die Atmosphäre von gähnendem Kuralltag und klinischem „Schocking". Ja, die Unsicherheit, die Ratlosigkeit, auch die Trostlosigkeit unserer Zeit im Umgang mit Menschen in Schmerz und Leid, auch mit Sterbenden; nur wenn man selber irgendwie davon berührt wird, sich berühren lässt, beginnt man zu begreifen. Wir, damit meine ich uns Menschen der Moderne, wurden ja Meister der Verdrängung auf diesem Gebiet (auch wenn es Anstrengungen gibt, da wieder wegzukommen). Wir haben Krankenhäuser in denen die Isolation von der Familie oder von Freunden noch immer auf sehr prinzipielle Weise herrscht. Wir sind in der psychologischen Beratung oder Seelsorge dabei, größere gesellschaftliche Mankos zu stopfen. Uns fehlt aber als Volk im Ganzen so etwas wie eine KULTUR, gar eine KUNST des LEIDENS. Ich denke an andere Völker mit ihren Traditionen, welche Rolle dort Zeichen der Trauer, Riten der Klage, Symbole des Trostes haben. Es fängt an mit einer Sprache der Zärtlichkeit, mit Umarmungen, Hand auflegen, Küssen oder einfachen Diensten der Pflege wie Waschen oder Nägel schneiden. Wir sind oft sehr sparsam hier, haben vieles an „Profis" delegiert, an berufliche Macher. Dabei kann doch nur eine personale Beziehung die seelischen Heilkräfte wirklich mobilisieren. Ein Liebesdienst verträgt sich schlecht mit „Nummer-Dasein" und dem „Boykott" der Seele. Was das Sterben und den Ton betrifft, denke ich an den Reichtum der Gebärden, an Sitte und Brauch in diesen anderen Ländern. Zum Beispiel das ungehinderte, auch öffentliche Zulassen und Austragen von starken Gefühlen, es ist uns fremd und unbekannt, ja peinlich geworden. Wären das nicht Formen einer seelischen Katharsis, befreiendes, Sinn stiftendes Tun? Wirken so nicht Elemente einer wirklichen Volks*kultur*?

Oder auch unser Umgang mit dem Tod. Ich denke an Rituale des Beistandes für den Sterbenden, das Salben, an das öffentliche Aufbetten der Toten, an die Totenwache, an den Trauerzug, an Gesänge und Gesten am Grab. Auch wir kannten doch solche Gewohnheiten, nur sind sie uns abhanden gekommen, vergessen, nicht aufgehoben in der heutigen Zeit. Manchmal wissen die Menschen auf dem Land noch etwas davon. Im Allgemeinen aber, welch ein Verlust?! Reicht es aber, dies zu beklagen? Neuansätze die ich kenne, sind bisher gering; auch hindert eine Arroganz, mit der wir uns hier als „Erste Garnitur" der menschlichen Zivilisation verstehen...

Immerhin aber, es gibt dieses NEUE doch, nur wird es noch dauern, bis daraus wieder breiter und lebendiger Ethos und Kultur wird. Aber es fängt wohl immer mit Einzelnen an, da wo man sich nicht abspeisen lässt mit geheiligten Prinzipien, da wo persönlicher Einsatz losgeht angesichts von totem Gerede und stupider Pflicht. Ich habe erlebt, so etwas spricht sich herum, wächst mit anderen manchmal zum Vorbild. Wir sind in solcher Not danach...

Ich grüße Sie

mit guten Wünschen fürs neue Jahr

Ihr Wolfgang Herdzin

22.1.1987

Lieber Wolfgang

Seit gut einem Monat arbeite ich wieder hier in meinem kleinen, gemütlichen Laden. Ich habe mich gut eingelebt und fühle mich mit dieser Arbeit ganz wohl, manchmal kann ich kaum glauben, aus diesem Teufelskreis ausgebrochen zu sein, ich hatte keine Hoffnung mehr. Und trotzdem wird dieser Station nur ein Übergang sein, eine kleine Atempause, die mich schon jetzt ruhiger und ausgeglichener gemacht hat. Denn ich bin nicht zufrieden und kann es nicht werden, es gibt auch hier Schwierigkeiten, natürlich.

Ich spreche hier von meiner Kollegin (die Einzige), die auch die Leiterin ist. Sie trägt ihre Position so stark nach außen, daß von mir nichts übrig bleibt. Sie verdrängt mich und mein Denken, ich habe keine Meinung zu haben.

Soll sie doch ihre dominierende Stellung haben, aber mich bitte nicht immer an die Hand nehmen, laufen kann ich schon. Sie glaubt, ich sei ihr Baby, Sie traut mir nichts zu und gibt mir keine Möglichkeit, etwas richtig oder falsch zu machen.

Manchmal tut sie mir leid und ich würde uns gerne helfen. Man müsste miteinander sprechen, aber hier fängt das Problem an. Sie lässt keine andere Meinung gelten, ich bin zu gering, zu klein. Robert Merle sagt: „das Wort ist eine Sache, die sich die Großen dieser Welt (sie hält sich dafür) nicht gerne nehmen lassen, sie ziehen es vor, sich selbst zu hören, gleich von Anfang an soll ich mich von meiner Bedeutungslosigkeit durchdringen lassen."

Das trifft den Nagel am Kopf, das drückt sie in ihrem ganzen Wesen aus, lasst es mich bewusst spüren. Sie widerspricht sich permanent und das Wort, daß sie redet, gilt in ein paar Stunden nichts mehr, ich krieg sie nicht zu packen, sie ist sehr glitschig, und dabei weder dumm noch harmlos. Sie formuliert alles, wie Sie es gerade braucht. Außerdem missbraucht sie ihr Alter (50 Jahre), sie hält das für ein Privileg. Alle Hindernisse sind wieder anwesend. Seltsam, daß ich immer und immer wieder an Menschen gerate, die mich abtöten, die gar nichts von mir zulassen. Diese Überheblichkeit und Borniertheit in Person begegnet mir ständig und lässt einfach kein ernsthaftes Gespräch zu.

Es ist sicher ein Vorteil, daß ich nur mit ihr auskommen muss, wenn ich etwas zurückstecke und mir meinen Teil still denke, geht das schon. Nur wenn sie mich tödlich nervt, mit den beim banalen Geschichten Ihrer Katzen und Ihrer Liebhaber, dann würde ich mich schon lieber an jemand anderen wenden. Aber ich kann ja nicht weglaufen, und wenn dann ein Kunde kommt, bin ich sehr glücklich, daß ich mich ihr wegnehmen kann.

Ich wollte eigentlich gar nicht so viel von ihr schreiben, aber Sie werden verstehen, daß diese Tätigkeit auch kein Dauerzustand sein kann, ich würde nach zehn Jahren, genau wie sie, ein wichtiges, bedauerliches Mütterchen sein, irgendwann geistig stehen geblieben. Auch die Arbeit selbst fordert und fördert nicht sehr, es ist eben nur ein bequemer Job für eine kurze Zeit, zum Auftanken für die, die danach kommt.

2.2.87

Meine Arbeitssituation hat sich plötzlich wieder verändert. Ich bin umgesetzt worden, ich habe zweimal schlafend versagt und ich hatte eine Kollegin die, wie sie sich selbst oft äußerte, den längeren Arm hat. Im ersten Moment bin ich froh, Abstand von dieser grenzenlos ermüdenden Person zu bekommen, heute erfahre ich, was mir in nächster Zeit bevorsteht. Vier Kollegen, ich bin wieder die jüngste, das kleine Fräulein und ich bin wieder gestempelt. Was jetzt noch dazukommt, ist die physischer Belastung. Klirrender Kälte im Laden, 14 Eimer Kohlen schleppen, Finger sterben ab, Farbe: rot, blau, weiß; Gefühl: Null; nebenbei ein wenig arbeiten, Kreuz und Nacken bleiben den ganzen Tag steif, alles tut weh, heute schon um 14:00 Uhr Feierabend (Inventur). Zu Hause Kohlen holen, heizen, irgendwann, ganz langsam warm werden, Leben spüren, Angst vor morgen.

Ich weiß, es geht vielen Läden so, ein Grund mehr diese Voraussetzungen katastrophal zu nennen.

5.4.1987

Jetzt muss ich doch endlich Mal diesen Brief zu Ende bringen. Ich bin also immer noch in diesem Laden, und jetzt, wo es langsam warm wird, geht alles viel leichter. Ich habe mich also gut eingewöhnt und die Kollegen akzeptieren mich, mit einer verstehe ich mich sogar sehr gut (auch 50 Jahre). Es gibt also doch noch Menschen, mit denen ich klarkomme, ich hatte heute schon sehr daran gezweifelt und mich für ungenießbar gehalten. Dennoch, wie schon gesagt, ich möchte nicht auf Dauer den Tag so abschnurren lassen, wie den davor. Ich habe mir vorgenommen, das Abitur nachzuholen und vielleicht doch noch irgendwann ein Studium anzufangen.

Ich hab jetzt wieder viel Zeit für mich, mein Freund ist mir auch schon wieder weggelaufen, aber ich bin nicht traurig, ich weiß doch, ich bin kein leichtes Mädchen. Er kam übrigens aus Berlin, dadurch hatte ich mehr Möglichkeiten, Kultur abzufassen und ich bin jetzt so richtig auf den Geschmack gekommen. Nur schade, daß die Leute hier in P. nichts davon hören wollen, ich meine die, die sich für meine Freunde halten.

Ach, übrigens, ich verschlafe jetzt nie mehr, ich habe einen Quarzwecker und den höre ich tatsächlich immer. Als ich im Laden war, hatte ich den noch nicht und hatte, wie schon erwähnt, manche Probleme.

Ich fahre zu Ostern wieder nach Alexanderdorf und darauf freue ich mich schon ganz besonders. Und jetzt muss ich doch einmal zum Ende kommen, sonst liegt der Brief noch einige Wochen hier herum.

Tschüss also und liebe Grüße

die Imke

1.6.1987

Liebe Imke,

Arbeit, Kultur und Liebe, ich lese diese drei Welten aus Ihrem Brief heraus, jeder für sich mit eigenem Anspruch, alle zusammen unter der Schwerkraft des Möglich/Unmöglichen. Durch die Zeilen werden Sie sichtbar als jemand, der – bei vielen Misslichen – doch Geschmack am Leben findet. Und ich sehe auch die Absicht, nicht nur im Geschmack zu verweilen, sondern hinzukommen zu dem, was diesen eigentlich erzeugt. Hin zu den Quellen, die neuen Stoff bringen, die Dauer und Festigkeit ermöglichen.

Gemeinsame Wurzel jedes erfüllenden Seins ist wohl der Versuch, sich tiefer mit sich, seinen mit Mitmenschen und der Mitwelt auseinander zu setzen. Ich merke, wie das immer wieder Selbstüberwindung und Kraft gekostet, Kraft, derer man oft auf billige Weise verlustig wird. Aber wächst nicht die Kraft durch Interesse und Interesse wiederum durch Kraft? Provozierende Dialektik der Erfüllung! Ich denke manchmal, der Mangel an Hoffnung in unserer Zeit, er hängt auch mit dem Mangel an selbst erworbener Kraft zu dieser Hoffnung zusammen. Wenn ich mich nicht aufmache, etwas ganz Eigenes suche und schaffe, mein Innerstes nicht begeistern und arbeiten lasse, ich würde zum Langweiler verkommen. Ein Leben ohne Aroma, ohne wirklichen Geschmack, bar an Grund und Ziel zöge dahin. Ich wäre nur der Bettelmann für Glück und Sinn. Und wie viel an Schäbigem fällt einem dann in die leere Hand... Mit all den Dingen, die so immer an einem hängen, gewinnt eines seit geraumer Zeit mehr an Gewicht. Es ist die Frage nach Mann und Frau, nach ihren Entwicklungen, Defiziten und realen Utopien. Das ich Mann bin, verwoben in meiner Zeit und Geschichte, was hat das zu tun mit dem, was da so tötend bedrohlich gewachsen ist? Der mörderische Countdown der Atomraketen, die unersättlich fressende Gigantomanie der großen Industrien, die Atemlosigkeit der Wälder... Hat das alles auch zu tun mit einer männlich bestimmten Phantasie und ihrem Schaffen? Bin ich als Wesen dieser „Spezies" in irgendeiner Weise vorbestimmt, dieser offensichtlich werdenden Destruktivität unschuldig/schuldig Vorschub zu leisten? Wo fände ich Orientierung und Auswege? Begegnet bin ich diesen Fragen in der auch in unserem Land existenten Bewegung von Frauen, die die alte (3000 – 5000 Jahre), bisher selbstverständlich geltende Vorherrschaft des Mannes weiter aufbrechen. Einiges ist ja erreicht worden, wie die juristische und wirtschaftliche Gleichstellung der Frau, sicher überhaupt erst Mal die Basis jedweder Befreiung und Selbstständigkeit. Ein erster Schritt ist getan, der zweite, die Gleichberechtigung auch in Gleichheit umzusetzen, steht noch aus. Ich sehe die unter der Doppelbelastung von Beruf und Haushalt hetzenden Frauen, sehe offene und verdeckte männliche Gewalt und Chauvinismus, sehe noch immer das benutzbare „Objekt Frau" (sowohl in den Berufen wie in der Liebe). Die Muster der alten Arbeitsteilung und der Machtausübung funktionieren noch gut.

Ich sage dies und bin doch selbst ein Mann, Geschlechtsgenosse dieser widerständig bröckelnden Kultur. Ja, ich spüre auch etwas von den „Macho"-Gründen in mir, Mannbarkeit ohne den Genius der Anima (der Reifung der weiblichen Seite). So schnell ist das wohl alles nicht wegzukriegen. Und ich habe in meiner Frau, die erste und direkteste, vielleicht auch die beste Kritikerin, meiner selbst. Alltägliche Dinge wie Wäsche waschen, Kochen, Einkauf, müssen gerecht geregelt sein. Darüber hinaus gibt es Fragen, die gesellschaftliche und politische Zusammenhänge berühren. Wie steht der Mann, wie die Frau zu Fragen des Friedens und der Umwelt. Die Berliner „Frauen für den Frieden" waren es, die 1984 gegen eine Beteiligung der Frau am Wehrdienst öffentlich Protest einlegten. Eine Szene von Wolfgang Borchert fällt mir dabei ein: eine Mutter schlägt einem General das Gewehr aus der Hand. Sind Frauen bereit, den Kriegsspielen der Männer zu entsagen, ja sie zur Gewaltfreiheit zu zwingen, zu „erziehen"? Können wir Männer im Gespräch mit diesen Frauen Gewalt in Zärtlichkeit, Herrschaft in Solidarität, Sachzwänge in Fantasie wandeln?

Ich stehe da als Fragender, suche nach einer Männer-Antwort, einer menschlichen Antwort.

Ich stoße dabei auf einen Mann, der (immer schon) Anwalt der Frau, Bruder war. Es ist ein Dichter, begnadet mit Einfühlung und Herrschaftslosigkeit: Heinrich Böll. Frauen sind es, die in seinen Romanen Geschichte machen und retten. Frauen, die nicht soweit „emanzipiert" sind, daß sie nicht mehr erreichbar, nicht mehr lieben können. Sein letztes Buch „Frauen vor Flußlandschaft", – ich hab's vor kurzem gelesen, leuchtet in die Schatten einer von Männern gemachten Politik hinein. Sie können, wollen nicht mehr lieben, wenn ihre Männer in Gesellschaft und Politik Monster zeugen. Politik hat eigentlich viel mit Liebe (oder eben

Nichtliebe) zu tun. Liebe nur als private, gar sentimentale Geste ist zu wenig. Es geht ums ganze *SEIN*, Politik, Gesellschaft, Umwelt gehören dazu. Und Frauen natürlich, die bewußt und andersartig ihre Gedanken einbringen. Ein Reservoir ist weiter in Bewegung geraten, daß drei, vier Jahrtausende unter männlichem Diktat und in Starre lag. Es könnte so viel Phantasie und Wirkkraft mitbringen, daß Frau und Mann Rettung erführen. Und sicher wird dabei manch Energie des EROS freigesetzt!

Ich grüße Sie mit einer Salve Frühling
Herzlich Ihr Wolfgang Herdzin

Das Berliner Krisenhauses
[1984-2016]

Der 'Urahn' des Krisenhauses
Wladislaw Dropiowski, Krakau, Polen,1977,
der seine Wohnung für Menschen in Not weit offen hielt

Erste Idee und Skizze zu einem 'Haus für Menschen in Krisen'

von Wladislaw Dropiowski , 1979

- die 'Gründungsurkunde'

„Delfin"
    die Nothilfe in ~~Unglück~~, Schicksal-Unglück'
Fällen

1) „Vertrauens-Telefon" - Gespräch und Tonband aufnu.

2) Verbindung mit Abteil
      a) Ärztlich a) Psychologe.
             b) Sanatorium
      b) Rechtliche
      c) Soziologische
      d) Ökonomische
        Unterstützung
      a) Wohnung
        Essen,
        Kleider
        Reise Kosten

√ Person die bedroht ist
be kommen wird eine (zwei)
„Freund"

Die ersten Visitenkarten

Willkommen

Für alle, die nicht mehr wissen wohin.

DAS KRISENHAUS HILFT MENSCHEN IN AKUTEN PSYCHOSOZIALEN KRISEN-SITUATIONEN, WIE ZUM BEISPIEL:

- Menschen in suizidaler Gefährdung, um emotionale Stabilität zu erlangen und eigene Kräfte erneut mobilisieren zu können

- Menschen mit Suchtproblematik, die vorübergehend eine suchtmittelfreie Umgebung zur Unterstützung der Abstinenz suchen

- Frauen aus Partnerschaftskonflikten, für die aufgrund einer besonderen belasteten Situation der Aufenthalt im Frauenhaus nicht geeignet ist

- Männer aus Partnerschaftskonflikten, um zu gewährleisten, dass die Frau mit evtl. Kindern in der gemeinsamen Wohnung bleiben kann und die Konfliktsituation bearbeitbar wird

- psychisch belastete Menschen, die in einer Krise nicht in der Lage sind, selbständig oder in der Familie zu leben

- Menschen in durch Verlustsituationen bedingten Krisen

- Menschen, für die kurzfristig kein adäquates Hilfsangebot besteht

- Junge Erwachsene, die von zu Hause weggelaufen sind

- Haftentlassene

Einige Worte anlässlich der Schließung des Berliner Krisenhauses

September 2016, 14/9

Sehr geehrte Einladende, liebe Gäste!

Was für eine Nachricht! Was für ein Anlass! Was für Umstände, die uns alle hier und heute zusammenkommen lassen!

Was für eine Verwirrung um Einladung-Nichteinladung bei denen, die jetzt mit hier sind!

Was für ein immer noch wirkendes Feld, das unabgesprochen-absprechend zusammenruft und zusammenbringt. Auch die, die um den Termin wissen und nicht kommen können, weil sie schwer krank sind oder weit weg im Urlaub. Auch die, die dazu gehören und keine Info oder Einladung erhalten haben.

Was für ein GEIST, der da ruft? Und dem wir bereit sind in Selbstermächtigung zu folgen.

Wenn ich jetzt und heute innehalte und schaue, erfasst mich unglaubliches STAUNEN, dass so ein Projekt überhaupt möglich wurde und 33 Jahre alt geworden ist. Es entstand in einer weitgehend geschlossenen DDR-Gesellschaft, totalitär regiert und kontrolliert. Noch dazu *hier* in Hohenschönhausen, im Viertel vieler hauptamtlicher Funktionärsträger der Stasi.(wir haben in der Wendezeit Name, Haus, Operationsbereich von vielen unserer Nachbarn identifiziert). Hier ein solches Projekt aufzubauen, war ein Paradox und grenzt an ein Wunder.

Das zweite ist ein großer DANK, der in mir hochkommt. DANK zu jedem(r) der(die) hier sich einbrachte, mitarbeitete, lebte. DANK auch der Schutzmacht Caritas, insbesondere ‚Janni‘, respektive Caritasdirektor Monsignore Reinhold Janiszewski, der die Courage hatte, sich mit uns auf dieses psychosoziale Experiment einzulassen, das weit in den gesellschaftlichen Raum hineinwirkte. In den Tagen der friedlichen Revolution 1989 haben wir im Licht der Kerzen und unseren Gebeten gespürt, wie hauchdünn die zivilisatorische Schicht war – und ich möchte hinzufügen: wohl bleibend auch ist.

Das Dritte, was in mir hochkommt, sind Fragen, Nicht-Verstehen, Wut, Trauer, dass wir heute das Krisenhaus begraben –

ES IST WAS ES IST – ES IST WIE ES IST.

Ist es unpassend und unredlich in so einem Moment auch von Hoffnung zu reden?

HOFFNUNG als eine Qualität der Seele wie V. Havel es ausdrückte, die nicht davon abhängt, was in der Welt geschieht. HOFFNUNG als ein Einsatz für etwas, das gut ist, sinnvoll, unabhängig vom Erfolg... HOFFNUNG als eine Ausrichtung des GEISTES, eine Ausrichtung des Herzens, am Horizont vorbei verankert...

Folgendes möchte ich noch in Erinnerung rufen, da es für mich persönlich sehr wertvoll ist, aber auch weit über die eigene Person hinausgeht.

1. In Zeiten einer kommunistischen Diktatur, die das Kollektiv und den Staat über alle und alles stellte, war es die Achtung vor der unantastbaren Würde und Kostbarkeit des Einzelnen, die wir hier auch hochhielten und verteidigten. Auch heute ist dieses erste Menschenrecht bleibend aktuell. Dass wir Mitarbeiter auch als Menschen erfahrbar und berührbar bleiben wollten, dass wir nicht nur die helfende Beziehung, sondern auch die Begegnung von Mensch zu Mensch suchten – im Gespräch, beim Kochen, im Garten, in der Musik, im guten Schweigen, war ein Ausdruck dafür.

2. KRISE IST EIN NORMALFALL MENSCHLICHER EXISTENZ, so sagten wir es uns und unseren Klienten. Leiden gehört zu uns Menschen. Wir konnten und wollten uns nicht einer kommunistischen Ideologie beugen, die Leiden und Krise schon per definitionem aus ihrem Weltbild ausgeschlossen hatte. Und wir konnten und wollten eine oft nur negative Sicht der Krise als Manko, als Störung, als Krankheit nicht teilen, befreiten uns von rein pathologisierenden und stigmatisierenden Zuschreibungen.

Wir wollten In-Kontakt-Sein und Menschen für eine bestimmte Zeit einen geschützten Ort geben: zur Stärkung, Besinnung, zum inneren Wandel, zur äußeren Veränderung. Als Symbol dienten uns dafür die Delfine. Und es gab den Raum der Stille mit einem Gedicht an der Tür – „Treten Sie ein, legen Sie Ihre Traurigkeit ab, *hier* dürfen Sie schweigen" (Reiner Kunze)

3. Als drittes möchte ich noch etwas zu uns Mitarbeitern, uns „Alten" sagen. Wir waren Anfänger und hatten das Privileg und die Bürde des „Anfängergeistes". Wir hatten die Möglichkeit, etwas Neues schaffen zu können, zu dem es kaum Vorgaben, Konzepte oder Richtlinien gab. Wir entwickelten das Projekt „step by step" oder wie A. Machado, der Dichter, es ausdrücken würde: „Du, Gehender. Es gibt keine Wege. Es gibt nur die Fährten des Windes auf dem Meer" – Das ging einher mit einer großen Kreativität und ging einher auch mit viel Diskussion, Auseinandersetzung, Kämpfen, ja Verletzungen. Es hat uns einiges gekostet – billiger war es nicht zu bekommen!

Ich habe vor ein paar Monaten das Buch von Christian Pross, dem Gründer und Leiter des Behandlungszentrums für Folteropfer, in Berlin gelesen: „Die verletzten Helfer". Auf so vielen Seiten habe ich uns und mich als Pilotprojekt wiedergefunden: im großen Enthusiasmus der Gründer und Gestalter, im durchhaltenden Engagement der Weiterführenden. Im Weiterbilden und Professionalisieren....Und ich fand im Titel des Buches „Die verletzten Helfer" das alte Motiv des verwundeten Heilers. Heiler und Leidtragende(r) steigen gemeinsam in das Wasser eines Brunnens, das sie verbindet und berührt. Eine Taube schwebt über beiden... Ich liebe dieses Motiv sehr – nachgezeichnet auf einem mittelalterlichen Holzschnitt – symbolisiert es doch auf tiefe Weise

Mitgefühl und Heilung. Dabei ist es mir wichtig zu bemerken, dass der Heiler seine Wunde selbst untersucht haben muss, Selbsterkenntnis und Heilung gewonnen haben soll. Das wir – soweit ich weiß – *alle* –, jeder auf seine Weise sich diesem Prozess ausgesetzt hat, machte uns erwachsen, reif, kompetent, vertrauenswürdig.

So möchte ich schließen mit der Frage: *Was bleibt?*

Es bleibt eine *wunde, leere* Stelle

Es bleibt Hoffnung, dass der wilde gute GEIST sich wieder neu manifestieren wird.

Und ich möchte erwähnen, dass etwas von unserem Projekt in das Archiv der Robert Havemann Gesellschaft, dem politischen Gedächtnis der DDR-Opposition, aufgenommen wurde. Ich habe auf Anfrage von Tina Krone, der Archivleiterin, einiges an Material, Bildern, Broschüren, Visitenkarten etc übergeben. Auch hat mich im Sommer die Forschungsanfrage einer Studentin von der Katholischen Hochschule für Soziale Arbeit in Berlin erreicht. Was bleibt noch?

Es bleibt wohl eine Zeugenschaft, ganz tief im Herzen eines jeden, der mit dem Krisenhaus in Kontakt war, seine Erfahrungen machte, eine Aufgabe fand, sich Herausforderungen stellte, Hilfe bekam...

Wir versuchten uns (und versuchen uns) in der *Kunst zu arbeiten* und in der *Kunst zu helfen*. Wir versuchten uns (und versuchen uns) in der *Kunst zu leben*. Wir sollten uns jetzt versuchen, in *der Kunst zu sterben*, nachdem auch viel versucht wurde, das Projekt zu retten...

Dürfen, sollten wir dies feiernd begehen?

Mit intensiven Gesprächen und gutem Essen, Geschichten, Musik, Gedichten , Gesang...

mit dem Lied der Pudhys, dass ‚Jegliches seine Zeit hat' (den Text geborgt aus dem Alten Testament), mit Blowing in the wind und Let it be...mit dem alten Friedenslied (von Bots) „Was sollen wir trinken sieben Tage lang, wir haben Durst... erst müssen wir schaffen... kämpfen... feiern... es ist genug für alle da, drum lasst uns trinken... rollt das Fass herein, wir trinken zusammen, nicht allein…"

Wolfgang Herdzin

1. 1. 2017

Erste Karte in diesem Jahr

*

Liebe Herdzins,

sich bin sehr für Ihre liebe Karte und für das Redemanuskript bedankt! Das gewesene „Berlins Krisenhaus" war ja eine besondersreiche Tat! – Ihr dreifaches „Jetzt!" unterstreichen wir. – Nachricht vom Vogelhaus: Kein einziges Kleiber, kein Specht, keine Amsel, kein Rotkehlchen, nur ganz wenige Meisen. Wir sind ratlos. Letztes Jahr flatterten die Vögel

REINER KUNZE
AM SONNENHANG 19
D-94130 OBERNZELL-ERLAU

das Vogelhaus fast zu. – Keins kam für aus der Tinde ein schwer atmendes Eichhörnchen vor die Füße und verendete. – Ihre Valla hat für den Vintenestbau große Dienste geleistet. Herzlich grüßen Sie Ihre Kunze

Ehepaar
Herdzin
Gertraudenstr. 6
16540 Hohen Neuendorf

Zeitfracht Medien GmbH
Ferdinand-Jühlke-Straße 7
99095 Erfurt, Deutschland
produktsicherheit@kolibri360.de